お湯が煮えた　……　です
一分後です　　一分後に　また
火葬場のお湯
僕のすべての戦闘機は
柔らかく燃えあがり
プラモデルの炎
　一分後に　また
日光写真に映る頭の　はっきりとした子供たち
曇り空でもはっきりと映る電信柱
敵機からの、甘い絨毯爆撃
震えている腹のなかの銀紙
不安な糖分の空爆

　……
　それでは　一分後に　また

JN130378

現代詩文庫　240

思潮社

和合亮一詩集・目次

詩集〈地球頭脳詩篇〉から

詩集〈黄金少年　ゴールデン・ボーイ〉から

散文

作品論・詩人論

装幀・菊地信義

詩篇

詩集〈AFTER〉から

空襲

一分ごとに甘い唾が口に溜まってくる、溜まってくる。
幼い僕の蜂蜜の空で
一分ごとに、不安な甘さの戦火があがる。
そして、火薬の匂いは僕の幼い頃から続いている。
トゥルルルルルルルル。

一分後に　また　電話をします。
奥歯は晴れ上がり
僕の乳首の先で
小麦粉が降る
　　　……　です

一分後に　また
手ごたえのない　はまどおりの火葬場で
お湯が煮えた　……　です

一分後です　　　一分後に　また
火葬場のお湯
僕のすべての戦闘機は
柔らかく燃えあがり
プラモデルの炎
　一分後に　また
日光写真に映る頭の　はっきりとした子供たち
曇り空でもはっきりと映る電信柱
敵機からの、甘い絨毯爆撃
震えている腹のなかの銀紙
不安な糖分の空爆

　　　……　それでは　一分後に　また

僕は夢のなかで。　背泳の競争ばかりしていた。
説明をするのが難しいのだけれど
深呼吸をすると　二酸化炭素の空爆にあい
僕は八分間の瀕死だ
それでは　三分後に　また　電話をします。
蜂蜜に沈む　きみの焼かれたばかりの　骨盤で

墨汁がセラミックのザリガニを育てている。
僕は夢のなかで。　背泳の競争ばかりしていた。

あの日、泳げもしないのに
水泳の選手に選ばれたのだった。
七分間　一筋の煙りを見つづけていると
種なしスイカが弾ける僕の睾丸　……　です
曖昧な十九分後
また電話を　します　銀紙が腹のなかで　折れ曲がる
驚くほどの早さで乾く幼い恋人の足
は僕の肛門に溶け落ちて
幼い父は
自転車で霊柩車に体当たりし病院に運ばれた頃に
僕の目は覚める
電信柱のなかでは　激しい散水車の事故

大人になっても
ガムを噛みつづける僕は上手く泳げない
不安なガムの動き

甘い雨の記憶と
　　　水煙の寂しい踊り
口のなかは嘲笑の粘りと寒々しさ
僕の耳たぶは濡れている
僕の足は濡れている
雨が幼い恋人の子宮を渡る　きみの腰から下は大河の雨
……　です　曖昧な一分後に　また　電話をします
電信柱のなかで燃える散水車
六分間が経った白蟻の巣は　くずれた豆腐で分解し
夜間高校の給食が終わったらしい、電話をします
散々の場所からガソリンを運ぶトラックを見送る
僕はきみに下手な字で何枚もの手紙を書いた
未来のきみは
一度ぐらいは思い出してくれたのだろうか
手を振る幼い
僕は　最初の紙皿を燃やしている　曖昧な一分が終わり
いまに溶け落ちた若い父と母のあたまは擦りガラスでい
っぱい　……　一分が終わる　一分が始まる　また終わ
ろうとし　……　僕の耳たぶは　体操するように　濡れ

た産毛を動かす　……　微かな水の　弾ける音　　また
電話を　します　：　です　一分後に　また　電話をし
ます　それから
……　です　一分が経ちました　目のみえない
散々で犬の耳が匂いを発しながら降り、電信柱が胎児の
足となり　やけに頭のはっきりとした子供の伯父がな
わとびしている　……　僕はだらしなくうれしそうに甘
い喪失のなかで
　　　　泥のついた紙皿を洗いながら　飴をなめ
……　僕は幼い心で豆腐を割りつづけ、一分後に
電話が鳴り　……
一分後に甘い唾が口に溜まってくる、溜まってくる。
沖のみずみずしい喪失から
あふれてくるきみの液体の墓地

あの日、
泳げもしないのに遠泳をしていたのだった。
トゥルルルルルルル。
一分後に甘い唾が口に溜まってくる、溜まってくる。

はまどおりの火葬場で最後の紙皿が燃やされた
ところだ。
火葬場のお湯は煮こぼれる　……
……　微かな水の音　また　電話をします　……
あの日、泳げもしないのに水泳の選手に選ばれたのだっ
たが練習を重ねたのだったが、まだ競泳の時間は来な
い、あるいはもう終わったのかもしれないが、きみへ
の喪失感のようなものだけがいまだにはっきりとして
いる。
トゥルルルルルルル。
あの日、泳げもしないのに遠泳を教わっていたが、わず
かに、泳いでいるあいだはずうっと叫ぶような水の音
がして、やがては、広漠とした海の甘い水に僕は消え
た。
トゥルルルルルルル。
あの日、それからも泳いでいた僕のもぬけの筋肉は、鈍
い痛みに耐えていたのだろうか、きみははっきりと泳

いでいた。手も足もはっきりと鮮明に力動していた。
トゥルルルルルルル。
あの日　から、波音は電話のベルと重なり、夜の電話は
　空襲のようなものとなった、一分ごとに幼い僕の日々
　で戦火はあがり続けた。

・（ピーチ）

・
長い仕事を続けながら・潰れる・冬の桃
本日・それが終わったことを・女に聞かされ
それで本日・桃が・終わったのだ
「桃が惨めに終わってしまったのよ
けれどもよく分からないの」
僕は寝台列車の・弱々しい線が・よく分からない
・
雪の降り続く・バスタブできみ・きみを包む
皮膚になりたい

文字を・何度も書き直す・それが
不可解になるのと同じで
僕の遺伝子は・こんなにも・間違って
しまった・大きな木が見える
バスタブできみ・と夢中で
愛し合い・お湯が溜まってきた
本日・桃の長い仕事が・人生はただ
続いてゆく・小さな石が見える
・
・ピンクの向こうには・正しい冬があったのだ
・新しい雪と・その皮の冷たさの向こう
・正しい冬の・そして厳しい冬の手応えがあった
・お湯が溜まってきた
・軋む肋骨で
・大きな木が冷えてゆく・小石が最大に燃えている
・泣きぼくろの先で・お湯が溜まってきた
・
明日も・列車を・見に行くよ
こまかな線が・まだまだ・足りないんだ

必死に・ディテールの難しい・女の腹で
本日が暮れてゆく
本日・それが終わったことを・女に聞かされた
お湯が溜まってきた

・

泣きぼくろの先で・お湯が溜まってきた
熱い・ブルートレインの
先が・通り雨に・軋み続けている
窓を・流れる・女の腹の・細部は・不鮮明である
そこでは・本日最後の桃が・美しい
仕事を・終えたのだ
お湯が溜まってきた

・

COME

午後の夜明けの柔らかな、バックシートで
僕は生む、僕が生むの。
だって、午後の夜明けのバックシートで、柔らかな
甥が生まれるの。
濡れたオウムが、無人を飛んでいるわ、だから
愛車は夜明けに黒く濡れ
きみと僕は互いの乳首を洗いあうッ、何処
にもいないオウムの叫び声ッ！
午後の夜明けに柔らかなドライブ、無人は
進むの、濡れたオウムの渇いた喉ッ！

午後の夜明けの僕の髪のなかで
きみの髪を燃やしているの。
すると　きみの無人の妹が
ワラビを茹で始めるの。濡れたオウムが、
叫ぶ無人なの、　甥が
生まれるの、オウムの物真似が得意なの
だから甥の生後は嘘なんだって
言ってるの、午後の夜明けにね
頭皮に火傷のあるきみの産道の
明け方、二人の無人が見るともなく

見ているわ。

（　カム・オンッ！　ルイーズッ！　）

見ている午後には火事があったわ
という夢を見ていたわ、騒ぐ夏の穴を抱えて
しじみ貝が濡れている午後の夜明けに、ねぎの流れる
産道の切なさが分かったわ、片足のなかに潜る
喉の硬さが分かったわ！

片足の様々な穴から発する叫び声！

髪を燃やしている無人の妹と足を
揃えて眠ると名前のある砂の夢が見えたわ。

（　カム・オンッ！　ルイーズッ！　）

その一粒一粒に震えているわ
性の後に僕も独りで足を揃えて眠るから
切られそうで恐いの。

（　カム・オンッ！　ルイーズッ！　）

「凜として青い柱。」

「金色の母が交差点で燃える。」

「月ほどの花が降る。」

「硝子の車が火のような事故を続けている。」

「石炭の梯子が割れている。」

「僕の兄の名は石英。」

「水のようなレストランに明かりがついた。」

「石油の川が静かに涸れた。」

「紙の雨を見ているあなたのレントゲン写真。」

「僕は電柱を漏らしている。」

「柱を漏らす、柱を漏らしている。」

（　カム・オンッ！　ルイーズッ！　）

奇妙な骨を抱えているねと見えない妹の骨は笑うのよ。

遺伝のように遊んでいたいときみの口紅は終わるのよ。

窓を叩く夜の妹には悪い雨を読ませ続けるの。

無人が鯉の解剖をし始める頃だな。

一時間の射精を終えた、
ので、ああ正しくは五十九分間なので。

（　カム・オンッ！　ルイーズッ！　）

糊のプールに沈む………腹のない鯉………盗まれた……

…魚の腹に沈む………鋏を乗せたブランコ………鼻の中
でゆっくり………と折れ曲がる中指………鼻血を出す幼
い甥………（　ああッ　！　ルイーズッ　！

）…………………。

あたしの妹は髪を
燃やしているわ、その
肩越しに見える夜の髪だわ。
頭の軽い夜に震えて愛し合う僕
らは、雨の夢を見ているの。足のな
いズボンと形のないきみの鎖骨が恐い、
性の後に僕は足を揃えて眠るんだ、オウムが
飛ぶ、オウムが飛ぶの！ああ見えない雨に打たれ
て、柔らかな甥がルイーズの今を切る。
一分間。

二人の今を真似するのは危ういよ。
一人は今であるはずは
ないが、もう一人も今で
――――――　はないのだよッ　！

〈僕は電柱を、柱を、柱を漏らして　しまっている〉
ねえドライブ　ズボンの縫い目を噛む　夏の穴
煙りのように　飛ぶ畳　騒ぐ穴におび
える　口紅の川　濡れながら黒く移動する
無人の夜明け　車と風景とが滑ってゆく
柔らかな甥が考えている午後の　夜明けである
〈僕は電柱を、柱を、柱を漏らして　しまっている〉
紙の雨、苦々しく、生後を渡る、紙の雨、徹底的に、
無人で、あり続ける、
○　紙の雨ッ
柔らかな甥、高くて、危うい、
柔らかな甥。夜の、送電線
　、細
　い、夜。
○　電信柱ッ
〈僕は電柱を、柱を、柱を漏らして　しまっている〉
――――――　カムッ　！

丸、水のない川に押し潰されそうだ

丸が進むので○水のない川に押し潰されそうだ
花の裏の事故として○遠くの川で○赤い
粘土は広がるのだ
俺は○遠くの赤いレンガに○叩き
つけられた○立て看板の破片のうえ
遠くへと○おまえを渡り○広がるおまえの髪は赤く
遠くの家の間取りを○皮膚のように
纏えよ○おまえよ○
床は様々によく冷えている○おまえの
乳首の先○骨のない花が落ちる
骨のない花瓶が薄く割れて○遠くの俺を握る○
おまえの骨の先々に
様々な無人の道路が傾く○
様々な道路を通した○おまえの服は
奇麗で○厳しい事故を○鈍角にさせ
る○シャドーボクサーのように
おまえの拳を叩いて○その遠く
の拳では○抵抗する肉もない
肉のない○サンドバッグをひたすらに
打つべし○遠くのおまえの頭の横で
俺は減量に成功する○ああ○殴られるおまえの拳
ああ○手応えのない家の
間取り○嘘の○遠くの屋形を流れる歴史よ
丸が進むので○水のない川に押し潰されそうだ

真夜中なのに○昼の明るさ以上に○光り輝いている
豆腐のような家明かりは○あの遠くの家の間取りは
ああ脳を流れた嘘の家よ○地下の便所に広がる
赤い粘土の草原で○水のない川を照らす○嘘の家明かり
ああ○おまえの腹の中央で○謎の点線の先を飛ぶ○嘘の
連凧が糸の硬さをもって○俺の精子に帰ってくる
遠くの川には釘が落ちて○朝の鉄の川面に
スプーンを投げると無口な家がしめやかに
育てる一日に新しい動物の両足が歩こうとするだろう
拳を殴ることは殴られた感触と同じだ○生きている時に
変死の鑑識をするのと同じだ○顔の曲がったおまえに

近道を作ってやる○おまえの足を完走したいのだ

頭の間取りが悪い○脳の透き間が
痛い○気弱なその彼方が痛い
遠くの粘土のなかで○遠い一日の
米粒を噛んでみる○罪のような間取りの
この脳の家が○求めているのは新しい火事だ
様々な通路で見失う○珍しい
動物の行方で○最高に厳しい
おまえの拳に○涼しい風が吹く○間取りの気弱な
面積を独占する画用紙の犬○首輪の先に滲む
家の影○罪のような遠くの肉の
この姿を借りている犬の○脳のなかで
震えるこの画用紙が痛いのだ
俺が失ったものは最大だ○最小に○遠くもなく
近くもなく丸が進むので○水のない川に
押し潰されそうだ失ったものは最大の三分間だ
夢のハイウェイで○破れる○丸

おまえは俺の脳の三分間を○泡の先と交換しやがった
早い速度の丸の先を○うまく抜けてゆく○対決の川
開始のゴングまでの○この緊張感が堪らない
不明の三分がやがて訪れる○今こそ俺の丸は武装する
おまえの面積と同じ男は○減量に失敗している
なんて駄目な女なんだ○大勢の失敗が見える
ああそうさ○大勢のすすり泣きが聞こえて
気弱なあの彼方には○対決がある
ああ○丸は終わらないの○だ
花の咲くような○交差点がある
○それは美しいのだ
炭酸の三分間で○減量した拳が
通過する○無傷の試合がある
嘘の一秒が○ならぶ雑な彼方がある
何にも依存しない○加速がある

花の折れる○一日がある
○　　　　けれども
対決のない　交差点のない　　　○

拳のない　　○　　　試合のない
嘘の　　　　　○川底の消えた
加速のない　○
花の折れない　○　　一日もある

遠くでも○新しい火事が○燃え始めた
近くでも○新しい火事が○燃え始めた

水のない川に
押し潰される
水のない川に
押し潰される

ハンディ

昼間の入浴は湯水に花切りバサミが浮かぶのです
夏が終わると中指の道路で画用紙が燃えるのです
夏が終わると中指の道路で画用紙が燃えるのです

　　　　　○
兄はひたすらに壊れた電球を磨き
不明な遠近に思いを馳せています
流れのある煙りが犯罪です
私の重さが怪物として深く潜る
そんな大陸は徹夜の冷房です

正しい高度で
私が十字に開かれた道路です
その辺りで手を振る弟よ
きみは頭が悪そうです
兄が死ぬ時はきっとこんなふうにして死ぬぞ

浴室の細かな網戸　○　神経たちは猿の脳みそを
真似しています　痛烈に浮かぶ花切りバサミ
。　　何枚もの派手な切手へと向かい
、　怒鳴りながらも絶叫して
いるのです
告白すると兄は半分です　、

、　兄は紫色の半分です
近所でしきりに　、
○　手を振る人が見えたので恐くなったのです
鋭い近所でしきりに、手を振る人が
見えたので恐くなったのです
この平和な湯水の地下に、狂った池があると
誰かは言っていました
○　自分の神経の高さに向かい
必死で命を乞えばよいのです　得体がしれません
その池の真ん中を糸のように這うのが　映っています
それが兄の複葉機
です　　私は半分に解剖された気分なのです

○

愛しい自分の肉の重さに痛みを感じています
減らされた半分の兄の肉が私を訪れました
私の肛門で傷のある白い野菜が
旗のように揺れています
ああ南極において薔薇が咲くのです
中指が曲がらないのです

私は兄ですが中指が曲がりません
私は弟ですが中指が曲がりません
私は兄ですが中指を曲げたいのです
私は弟ですが中指を曲げたいのです
私は猿の物まねをしています
私は猿の物まねをしていません
私は他に何人もの馬鹿な兄がいます
私は他に何人もの馬鹿な弟がいます
ああなんという　○　派手な神経の雷雨
近所では朝からキジが鳴いています

近所で　しきりに　手を振る人が　見えたので
恐くなったのです　近所で　しきりに　手を
振る人が　見えたので　恐くなったのです?

浴室の細かな網戸　○　猿の小さな
小さな影で震えている薔薇
あの奇妙な手袋の秘密を知りました

思考のように　切れる指先
私は五体です　嘘ではなく
物真似でもなく　五本の骨は折れ
近所では朝からキジが鳴いています
猿なのか？　猿なのか？　あの遠ざかる影
○　恐くなった
私の肉が殴られる、恐い
半分が恐い、終わったのだ、　　恐い、何かが
終わった、肉だ
「湯水に浮かぶ花切りバサミ」
恐くはありませんか、恐くはありませんか？
○「近所でしきりに手を振る人が見えたので」
「近所でしきりに手を振る人が見えた」
「無様に垂れる肉」○「暮らしながら空気のような」
○「肉を食べたい」
「暮らしながら煙りのような」○「野菜を食べたい」
○「肉の終末には」
「震えている糸のような」○「明るい近所を」
「宛て名のない肉が渡ってゆき」○「怒りのように」

○「白い野菜が沈んでゆき」
「南極の」○「薔薇に向かって」○「中指を洗い」
「糸トンボが」○「羽を広げている」
「中指を洗い続けて」○「洗髪し続けて」
「何本もの病気です」○「長くて黒い
何本もの病気です」
○　私は半分の兄ですが　画用紙が
燃えています　私は半分の弟ですが
画用紙が燃えています

ふらりと　○　さらに湯水に浮かぶ　花切りバサミを手
に　○　取り　何かを切り続ければ　頭の後ろは美しい
道路であり　中指で画用紙が燃え　湯水は優しく揺れて
錆びた自転車のペダルは　あの人の後ろで　○　回って
いる　どうして　手を振るのか　分からないまま　○
中指を洗う　あなたは　手を振りながら
中指を曲げている悪魔だ
ふらりと何人もの馬鹿な弟がさらにやって来た

ふらりと何人もの馬鹿な兄がさらにやって来た

さらに曲がらない
さらに曲がりません
さらに曲がらない
さらに曲がりません

失墜

この有名な塩の動き。
沸き始めた物悲しい湯水に。
正しい塩を入れて。
この曖昧な喪の意味。
塩
叫びながら美しく踊る。
塩の向こうの難しい雨の終わり、
寂しい塩の長さ。

溶けない雨と、
さらに溶け始める塩。

激しい雨がさらに美しい。
その部分が本当の塩の始まりとなるからだ。

女の顔は部屋だ。
わざと散らかされたということがあなたの喜び。
それは激しい雨のようなもの。
僕は体温計を挟めたまま夢から覚めたので、もう一度
雨の深い失墜を見直さなければならない。

塩。非人間的に光り。
激しい雨の先々で電柱が燃え、
頭脳の中で目算しているその高度。僕の喜び。
トイレで踏み切りがなり響き腹のなかには一点の赤い光。
枕を渡る何億もの小雨と紙幣。
昼間にかなり広いレストランで途方に
暮れながら俳句を一句だけ

思い浮かべたが、忘れたが、傑作だった。
そのあと僕は空想の集会をし続けて。
いろんな人たちと水害の話をし。
あんたたちのことなら俺たちがよく知ってるよ。
あんたらのことだろう？
このあたりで知らない者などいないのさ。
そんなに僕とあなたとは有名なのか？
さらに熱い塩水。
さらに沸騰する塩水の向こうで。
深い失墜の気持ちが飛行する。
あなたはテレビを見つづけ。

あ

雨が降って、雨が降っている。
塩だ。
叫んでいるものは。避難してゆく湯水。

あ

やがて大雨・洪水・雷雨の警報が発令され、増田川付近の九百人が避難し始めたが、雨は降って、雨は降っているが、深い失墜の向こうに、曖昧な塩の意味がある。

ヌード・ツアー

ステーキナイフの姿見に少女の上唇と
植物のような口蓋が
つまり逆説的な一個の口唇が
複写されている　下唇の紫色が
マツゲの先をうっすらと染め上げる人身売買ツアー
私の死臭すらあるあなたの鎖骨が
唾液が
重なり合う澱んだ沼の兆しが
火傷跡のような醜い光沢のある
エスカルゴの貝殻を思わせている花芯
その肉親の肝臓へと這う孵化したばかりのエスカルゴ
遺伝子を禁忌している黄色い交錯が威圧的なスズメバチ

唾液のような棺桶を産卵するスズメバチ
急速に縞模様を火葬するスズメバチ
スズメバチとしてのスズメバチ
腐海のような湿度にハチの巣の少女のキス・マーク
つまり老女の脳髄としての皺
これらが私の奇妙な棺桶との等比関係である
半面が地盤のように割れている落ち葉が
天井裏の縞模様に貼られている
その夏の落葉樹を探してみたいのだ
年輪へと私の火葬の温度を尋ねてみたいのである
天井裏の縞模様がそら恐ろしい景色であるからだ
エスカルゴの中心で女王蜂が
受胎しているようであるからだ
蟬の声と背骨とが遠ざかっていく入道雲
女は私の肋骨を擬態するアスパラガスを使用する
コルセットの結び目を生死の境目に合わせながら
締め付けられる胎盤には
新たな愛撫の予感を漂わせながら
永遠の少女を約束するためのコルセットの紐は
老女の脳髄のテーブルクロスから分離する
風物詩としての涼しげな鬼蜘蛛の罠のようだ
少女と昭和初期の脳髄とが惨めに婚約している
少女の白日夢の裂け目から焼け焦げた
キャベツが産み落とされている
私の網膜は紫色を恐怖している

女を擬態して犬の仕草をしていた
私のヌードは女性ではない
陰茎にはパラペット工事中の建築物であるように
海綿体の繊維に沿って強烈な足場が組み合わされている
紫色の家屋が出窓の中で設計されている錯覚がしている
無感覚な私の皮膚に新しい住居が設けられている
それは私の婚約者の仮想の休憩室であるといえよう
陰茎を擬態した煙突に出窓が発病している
性別不詳のカメレオンが
その根元の石膏の体温に排尿する
私は室内からスピロヘーターについて教えてやる
石膏の生温かさに発酵するその米粒のようなタンパク質

街並みが印画紙の不安気な光沢を求めている
街並みが艶やかに筋肉を歓迎してくれている
乳液のよく染み込んだ紫色の芝生には
哺乳瓶が
私の爪に染み入ろうとする線路際のパンジーを
清潔に振り分けてくれている
アスパラガスを擬態しているような人間の奇妙な重み
平面的に写真のように私の死後の四十九日間を
瞬時に経過させてしまうような銀属の傷としての
地図記号を写真のように一枚に浮かべた
瞬間に電話が鳴り響く、
白地図の白い繭玉からは
浮浪児のホクロが生まれたらしい
浮浪児の皮膚を遊離させ天井裏の愛奴を
酔生夢死させるつもりらしい
肩を並べ喪服をならべ死者を並べる
鈍い光沢のある印画紙の棺桶で
地図上に落とした生卵のような紫色の湿疹には
受胎した三毛猫のイメージが描かれている

二匹いるらしくキスシーンの音に
刺激されながらのハレンチツアー

容器が増えてその旅が長ければつまり死ぬということだ
稜線に浮かぶ粘着質の恒星の上層は
芋畑に忍び込む軟体動物を思わせている
寝台列車における芋畑の土壌は
私の尿管にまで性病による発疹を招いている
デンプンが皮膚としてのガラスを滴っていく様子は
紫色のジャガ芋の絵画的な光沢を連想させる
雄の腹部で発作的に未来への快楽と恍惚とを残す
カラスアゲハの産卵を予感させている

あの紫色の家屋では私を擬態する空気が手を振っている

私の室内の天井ではカラスアゲハの原始的な
種の婚姻のイメージが
単なる二匹だけで行われている
あの紫色の家からは我が家が紫色に見えるはずなのだ

ああ古典的な建築方法であなたと結ばれたい
室内の行為が残像となりあの家の三毛猫が
たった二匹だけで再生している呪われた婚約
あれが私の最高の手段である
あれ以外は考えられないのだ
印画紙の月面の酸味のあるクレーターへと
紫色の指輪を交わすため
無数にシロアリが試食する白い建築としての
ウェディングドレスを引き摺る
古典的な儀式で結ばれたい
装身具ひとつあたえられず
剣と冠も無く
呪縛された言語だけで結ばれたい
約束されたように私たちは呪文を唱える

あの三毛猫が早く死にますように
花嫁が焼かれるのではなく
その衣装が焼かれますように
家屋が焼かれるのではなく
花嫁の内臓が焼かれますように
等比関係の境目でスズメバチが
そのハレンチな縞模様を繰り返しますように
カラスアゲハだけが燃え上がり
私の火葬の温度だけが新しい愛撫でありますように
私の火葬の温度だけが新しい婚姻でありますように
あの三毛猫が早く死にますように

蠟の明け方

六月の沼の明け方に青い鯉が現れた。異なる夏がその影を盲いさせたというあの蛙の声は聞かず、空の剥奪へと行為化する野菜の栽培を終え、この蠟の沼の縁で後ろの頭に血が溜まってゆく明け方。

…… 親指のない手が浮かび ……。

盲いた季節を待望しながら子を孕む骨のない闇夜の鯉が、かなり青々と空の欠点へと零れ落ち、水面を動く雲は失われた電気だ。

……　親指のない手が浮かび　……。


感度の泥を洗い、青い鯉の眼に映る不明の芋は熟れる、雨に濡れた私の膀胱の誰かの通話の往来。火のついたように笑う婚約者は泥のなかで感電。

……　親指のない手が浮かび　……。


親指のない手が浮かび別の親指のない手と手をつなぎ、未来からの苦い落雷がその手を裏返し、朽ちた葉が水底で微かに動いたのを感じたのか。

……　親指のない手が浮かび　……。


顔のない彫刻の再来を待って私の海綿体は泥地のままだ、死者が纏うのは虚実の石膏である。最後には蠟に当たる朝日だ。

……　親指のない手が浮かび　……。


鯉は、水煙だけを持ち去ろうとし、蠟の沼で鍋を洗う同胞の母に呼び止められる、史実の沼の縁であなたの母が硬い鍋を洗っている。

……　親指のない手が浮かび　……。


私の母かもしれない、もはや青い鯉は背中に氷河を流して浮かぶ、夏の予兆がかわりに落下。

……　親指のない手が浮かび　……。

……　　親指のない手が浮かび　……。

デスマスク興業

0時に、高地の髪
頭皮から漏電する冥界
草の根底の刻印が集合する山裾
人面の皺に沿う霜柱の葉脈
波状の小池を誘致してみる
黎明の一点を誤読する健康な絹の衣装
小池の周りで湿る、重たい

奇数の数個の砂利の循環
無人の霜の壁に背もたれ
山頂の穀物の粘着をまさぐる私の指と
高山が調教する少女の幽体の指先とが絡まり
互いのダミーの股間に
若々しい虚線だけが昇天する0時
無数の少女の髪、

小宇宙の無機的な食卓
私のデスマスクが幻視する
未来を啓示する航路の散水
黄色い綿毛のセンターライン
使い古され、放心する皿の表面
少女の化粧水が湧出する
異質な記憶のうわべに盛られた柔らかな口唇
新種の草葉が記号化しようと昇天する
さらに到達する小池
朝露を収用する精巧な鳥羽のレプリカ
頂角から噴出する霊鳥の糸

若い髪は総て食べてしまおう
粗い山裾から呪術のマネキンが合体する
原野のこの方角から編み込まれた
新鮮な装束を貼る
ひとり横たわる
少女は手の中に、穀物の泉を植え込んでいた

私達の集落を建設しよう、

朝の耕地が乾くと
不適当に果実を配置する死に鳥
峰から峰へと虚線が錯乱する0時
空洞の穂先に、少女は保存されながら
幼児を連れて山裾の鏡へ、
眼前の皿は盛り上がる

史実の塔は無感覚に頭を垂れる

遺跡が
私の熟れた太腿をぬめって浮遊する
湿った斜面には消失した私の髪の複製体
若々しい指が冥界の孤島を濡らす
死に鳥の物象に占われるまま
霊峰の焦点を遊歩するアダムとイブの水滴
頭髪の枯れた少女の死に顔を踏み分けながら
ゆったりと通過する0時
それが一糸ずつ、
私の頭皮を剝がす

水枕、甲虫。

私の真夏は、微熱だった
甲虫の角が怪しく光り
わずかに病床で虫と遊ぶ
高熱の、微熱の日
おまえが　俺に　俺が　おまえに

疲れ果てており
甲虫は私の指先で死んだ
角はぶるぶると震えたまま
はじめての精通の残心に似ていた
下半身が大きな咳をしたように熱くなった

キッチンで貝を煮る鍋が
煮こぼれ　いつまでも　真夏の味が続く
開いたままの　料理の本の冷徹さ

そのあとの甲虫は
天井に吊るされまるで生きているみたいだし
たまに生きているふりをする

あとは熱が下がるのを待つばかり

イエローズ

手相よりも大きい空き地の鳥のなかを
ズボンが流れている
手相よりも大きい空き地の池のなかを
ズボンが流れている
手相よりも大きい空き地の木のなかを
ズボンが流れている

そしてあなたの濡れた空き地に
キリンを放してもいいのか？
そして百日咳が性器を電気的に過ぎてゆくばかりだ
そしてあなたの家の畳が夕空を映して濡れるばかりだ
そして屋根も壁も、玄関も、
非常口ばかりの家なのだ
濡れる窓の下では、俺はわざと電気を消した
点いたり、消えたりするその時々に

手相占いもすっかりと済んでしまって、電気が
点いたり消えたりしている
やがて俺は、俺の肝臓で鮮やかに広がる
黄色いティッシュを噛みしめる
未来を占うあなたの指紋に夢中である
電気が、点いたり消えたりしている

あなたは手相占いの得意なその指でキリンの形の性器を
手相より大きな空き地の歴史に招待しようとするのだ
そして熱いキリンは緊張する
みずみずしい黄色の口紅

空き地へと白い空を濡らしてしまう、そして草食動物は
草を食べてしまう、草は、草食動物に食べられる
俺のこめかみでは、重々しく濡れたズボンが燃えている

夕方と夜との境目に溜まる
黄色い雪、あなたと俺との境目に溜まる黄色の雪
俺たちは雪の溜まった畳を、重たいと思うことが出来た
やがて雪の溜まった畳からは

キリンが力強く夕焼けを見上げている
あなたの空き地はとてつもなく遊んでいる
俺は空き地で咳をする熱い青年である
密生する空き地の恥毛は激しく自由である
熱いキリンの頭脳が限りなく液体に接近してゆく

無駄なあなたの美しさは大きな傷口のように
俺の手相を見ている
黄色い高架線の広がる
その両手は左右に振られている

こめかみで燃えるズボンの奥には揺れる手相占い師の
指先には光るブランコが揺れている
こめかみで燃えるズボンの奥には揺れる手相占い師の
指先には光るブランコが揺れている

あなたの夢では俺がズボンの縫い目を噛んでいる
ズボンのなかを煙りのように飛ぶ俺の手相があった

俺たちは雪の溜まった畳を重たいと思うことが出来た
ここに終わった、鋏のような婚約がここに終わった
罪のような長さを借りてキリンが精液を漏らしている
罪のような長さのキリンの首のなかに
傾く共同の便所は燃えている
何億もの蝶を咳と一緒に発射する百日間
俺は長い腰を魔球のように使い
咳をしながら震えるキリンを見事に
調教する、空気に溶けている、粉雪の先で
新しい手相は濡らされて、このうえない気持ちが

使い古しの鋏を伝ってゆく
共同の便所が熱い
外れた口笛の上手いその口が
炎の便所であった

キリンの噛む多くの高低が俺の口で黄色となり
雪と雪との過激な接近が
俺たちの新しい火事となる　黄色い雪の

溜まった畳は重たい、巨大なキリンの咳は極限に熱い
共同の便所は燃えている、そして蝶の形の火災現場は
粉雪を撒き続けており、熱い鱗粉を想ってしまうのだ

送電線のように高くて危うい指を
黄色い雪の流れるその指を
独り占めしたい、そして電信柱よりも
細いその指で絶滅したい

濡れる窓の下でわざと電気を消すと
雪が奇妙に光っているのだ
夕方と夜との境目に昼間が出来ていた
ここに奇妙にあなたの空き地が
光っているのだ、光っているのだ
鋏のような婚約がここに終わった

炎の便所の入り口で笑いながらも
俺は手相を丹念に洗っている
俺の肝臓のなかで重たいティッシュを
広げるあなたのその指が火の点いた
海草のように俺の恥毛で柔軟に動く

こめかみで燃えるズボンの奥には揺れる手相占い師の
指先には光るブランコが鋏を乗せている
こめかみで燃えるズボンの奥には揺れる手相占い師の
指先には光るブランコが鋏を乗せている

さて。

水母（くらげ）の終わりを　きながに待っており
というのもまだ　はんぶんだけの水母が僕に残されてい
るからだ
もう片方は　この　真冬の夜ふけだ
夜なか　　はんぶんだけの僕　を入浴させ

ふ　　ふ　　ふ　　そうして静かに

美しい牛乳を沸かしている
深夜　さながらに親しい昼間　そんな明るさで
水母は　ニッケルの重さを連れてくる
二月の電線は笑いつづけ
線のはんぶんは夜の過半数をわたる　間違って
ああ　零下だ
親しいニッケルの重さの冬よ
水母
さらに　さらに　はんぶん

夜の左手は　なさけない力である　まるで水母だ
弱々しくも　あぶない冬の水母
それらはっきりとした群れの行方
曖昧な告白が分かりはじめた浴室の窓　きみ
深刻な冬のなにも運ばないトラックが　過ぎ
冬のウォッチは　3年も動かなかったが
ようやく動きはじめ
8分でまた終わり　ああ　これらが冬の難しさ
そこには　何物も許さない思想のように突起する

電柱があり
とおくの煙突から　しろい遺伝があふれ
うすい膜のような人影が空気のように笑い
冷たい夜の終わりには誰かの引退
僕はそうやって冷たい牛乳のなかで
白く濡れつづけるなにも運ばないトラックの
錆びたチェーンをかなしく黙認する

憐れみ　　…花と呼べるような
……美しい夜などときみに囁いて
そろそろと洗面器の湯水は夜
のアフリカ象の記憶を洗い出
し　何かを確かめるために
左手を洗いつづけよう
それでは　何を確かめるのか

さて。
茫漠とした水母の空
その後の　二月の消印と

冷たい牛乳と　深夜の消印と　真冬の牛乳
なにも運ばないトラックを動かす人は
どうしてあんなに孤独なんだろう　……　夜の行方。

……　親しい寒々しい夜の行方、僕はひきつづき考えている、僕はひたすらに、考えている。やがて。美しい牛乳が、すべて吹きこぼれる。

……　僕は水母にむかって、冬の海の感情とはどのようなものかを、ガムを嚙み嚙み尋ねた。答えはあるはずもないが、釘を打つ音がしばらく聞こえていた。

……　僕は冬の桃を剝きはじめた。しばらくすると冬の鳩が背中を飛び回り、僕は笑いながら笑った。すると。重大な形をした犬が正午の夜半を連れてきた。

……　水母は発光しながら。冬の街路樹を滑っている。ときおりには、電飾を壊してしまう。皆は言うのだ、

　不安とは僕たちの寒々しい握力。

……　握力。握り潰そうとすると、厳しい握力に包括され、そんなふうに冬の街路は、さながら放散しながら、
　茫漠と光る。

僕たちはやわらかな双眼鏡で
はんぶんだけの月の川を眺めている
さて。
岸辺のない川のような不安を
　　　その先へと。連れ。
。
僕の血の音は消えてしまう。　光る月のうらがわで。
しずかな深夜の左手をながめ。　光る水母の頭のなかの。
ぬるい。　湯水をながめ。水面でわらう。　冬。
その終わりに渡ってゆく。　死んだ人の左手。
……　寒い。　……寒い。　……寒いなァ。

きみは　清新な牛乳を湧かしてくれるので
そろそろとあたらしい詩行をかきはじめようと
さて。
笑いつづけるような水母のうえに
どこから書きはじめたらいいのかと
さらに　どこで終えたらいいのかも分からぬまま
とりあえず　書きつづけてしまうのだ　笑止

やがて　沸騰する牛乳のむこうで
さらに沸騰する　牛乳
そのむこうで　あふれる左手

ミルクのなかで揺れ動く
かなしい動物の脂肪のような
水母
水母のようにやりきれない毎日の不安

さて。

包帯

世界中の太陽電池よ　今日はもう終わりです
あなたたちの
見えない力のおかげで顔のない女が
水底で僕の双子を産み落とし
どこかの恥ずかしい雲間のもと　あかあかと
浜辺で発火する幼い頃の包帯が見え
夕暮れのヒラメ釣りに失敗する
浜辺のかえり　すれ違う配達夫は叫びながら
一枚の絵葉書のなかの良い天気を殺している

「うふふ　差出人は
本日の夕暮れにシャボンを吹く叔父だ
アヽ　これほどの休日の夕映えは
もうないように思ふ
思はれます　」
／　ア　ア　アノネ
こ、

子供が来るぞ
彼の膝は終日膿んでいる
その膿の切れ目から、
わたくしの歯痛に喘ぐあの日の顔が見え
ですなあ
恥ずかしい雲間で　不明の玩具に
良い天気の殺し方を話しだす始末、その餓鬼。
「今日も　もふ　終わり　です　」
そして形のない完璧な　夕立が
／　ア　ア　アノネ
やけに頭のはっきりとした子供が
なわとびをしていました
わたくしはあの時　包帯だらけでした
しかし　夕立のなかで目を　見開いて
なわの動きを見ていました
すぐに　子供が消えてしまった
そんな長々しいなわのような
思い出がくねり　つくした　最後の今頃
その子供があらわれ

：　不明の玩具とはこの世界の闇のすべて　：
わたくしはわたくしによく似た子供に水疱瘡をうつして
子供は　なわを残して　濡れた疱瘡を連れ
あの夕闇の雨に消えたはず
なのに　わたくしの包帯を持ち
太陽の大きさの　湿疹は沈む　ずぶ濡れの
夕闇に向かいおうむ返しの遊びをし
そんな　はっきりとした子供が飛ぶ
なわとは　不明の玩具のくねる電線であったのですな
。
顔のない女が水底で　わたくしの双子を産み落とし
激しい朧月　その裏側は激しい闇
何億も捨てられている石膏の顔
　　　　　　　　　　はゆっくりと濡れている
書斎からぼんやりと見える浦尻の浜辺
遠くからの曖昧な告白
それが黒々とした砂浜の　水たまり
プフ、　　　　　　　　ア　／ア　／　アノネ

「わたくしはいままで夢の中で雨を見たことは
無ひのです
傘を　開き　誰かの母が硬い鍋を洗ふ頃です」
曖昧で不安なわたくしを　慰安するため

こ、
子供が来るぞ

プフ、　　　ア　　ア／　　／アノネ

もうそろそろわたくしの頭に血が溜まると
二十一時の夕立
溺死したヒラメの　泥の卵巣を渡る
子を孕む骨のない闇夜のあいまいな去就
疱瘡としての朧月
石膏の子供の唇からは　薄笑い
プフ、　　　ア／　ア　　／　　アノネ

書斎を訪れる、波打ち際の　　、謎の背骨
真夏の花びらはすっかりと縮れ　真夏からの電話は一回
だけ鳴りすぐに途切れ　トゥルル。二十一時、波打ち際
に微力な黴となって現れる　足のない毎日　雨が砂に染
みてゆくのだ、それが　…不明の裏切り

プフ、　　　ア　ア　　ア／　　ノネ

わたくしに　長い夕立は徹底して非常であり
憧れによる捏造に過ぎないのかもしれないが
わたくしの顔をした美しい

こ、
子供が来るぞ　そして　夕立は三十一時まで終了せず
ア　ア　アノネ
ア　ノネ　ノネ
アシタモ雨ラシイノジャ

サッキ　オカンガ　イウトリマシタ
「ア、　やっぱり
こんな休日はもうないように思ふのです
ものおもふうちになわは　余白に消　ゆ
まだシャボンを吹いている叔父
はて　返事はまだかいな　と叔父は
いつまで？　いつまで？　シャボンを？
吹くンだろう？」
くるくるとシャボンのなかを回る　千切れ　なわ
まとめると　良い天気の殺し方　とは

「ただひたすらに　ひたすらに　夜が明けるまで
夜が明けたとしても
書斎の　窓を開け放し
ただそれだけ　それだけでございます
アハッ　こんな休日
嫌で仕方ないワナア」
プフ。

さて　真夜中まで続いた夕立は　くらい縁側に
激しい絵葉書の折り目を置いてゆく
ただそれだけ　それだけでございます
ア丶こんな休日の終わりは
もういらん

ア　ア　アノネ
ア　ノネ　ノネ
アタシハ　モラワレゴ　ラシイノジャ
サッキ　オカンガ　イウトリマシタ

（『ＡＦＴＥＲ』一九九八年思潮社刊）

詩集〈RAINBOW〉から

猿になる

髭を剃る猿の激しいくしゃみ
土を撒いたばかりの浴室で絶叫し
乾いた浴槽で爪を切っている僕
網戸の向こうの網を
夜に訪れる猿たちはいつも見据えている
昨日の森の冷たさが髪に残り
飯を食べる事がしばらく出来なかった僕
もはや浴室だけのこの家だから窓の網は震えている

　手だ足だ耳だ顔だ眼に毛が生え、
　僕も猿になりたい　！

森を疾走する犬の腹のなかにきらりと光る花切り鋏
花柄の花が鮮烈に落下してゆき
それを思いつつ僕は生あくび
猿の爪の燃える煙りのなかで僕はくしゃみ
背で雲の写真を焼くような悪寒
呼んだことのない友の名を思いだし焦りを覚え
機械の時代を生きながら魚の骨のことを思考　！
振り子時計を分解しながらばらばらになる力を考案　！
階級のない雲に笑われている僕の不安　！

木星を浮かべたままの真夜中の脳膜に
重ねられてゆく虹色の新聞紙
とらえどころのない脳髄に秘密の朝湯
乾いた浴槽に直立の髭　！
夢のように泡を吐きながら倒れてゆく蟹を育てて
爪切り器を分解してゆくうちに雷魚は狂い出す

タイルでは寂しい石鹸が溶けはじめている
森では花が風に揺らされ小石は運ばれ
僕の睾丸で燃えている
僕は乾いた浴槽に汚れた雲の海を捨ててしまおう

猿のくしゃみを浴びて何度も僕の新しい発毛だ
すべての靴を焼いて変声の儀式を恐れている僕は不安
手だ足だ耳だ顔だ眼に毛が生え、僕は猿になったぞ　！
　　　　浴槽のバベルの塔
　　　天井に響き渡るよ絶叫
　　　　夥しい猿の影
　　　　溢れるよ意味
　　　燃えるよ二つの顔の向日葵
　　僕は不安なくしゃみ
　僕はもっと猿になれませんかしら　？
僕は森へ　！

家族のいない曇った空を飛んでいる猿の奥歯だぞ

不思議な厨房でリンゴの焦げた匂いがしているのに
猿の居る浴室で談笑している偽家族
誰かを忘れたまま乾いた湯舟で蟹を食べると

消えてゆくのは偽洗面器に溢れる湯水
さらに消滅するのはそこで溺れている蝿
猿は疲れて死んでいった猿たちの奥歯を蹴りつつも
タイルを転がる嫌な物音を
はっきりと聞いている猿だぞ
夜更けの森の小川は熊蜂をとらえて滅亡　！

猿になると何億もの森の
花びらはうすい紫色になるのかな　？
風が吹くたびに
その色の神経が遠くで手を振っているぞ　！

もはや浴室だけのこの家で
去ろうとするもの居残るもの
生きているもの死んでいるもの
網戸の向こうの網を見据えろ　！

そこは奥歯の森
非人間的な猿たちの悪寒

猿だぞ
猿だぞ
夥しい猿だぞ
すべては不安だぞ

すみませんと呼ぶ
振り返る猿
ごめんなさいと謝る
なだめてくださる猿
こんないい事がありましてね
話を切り出そうとすると舌を出して猿に戻る猿
髭を剃る
猿

ゼ．ゼリイ．

角の生えていない列車を描くため．高気圧の真夏の陸橋．

虹色の小石．風が吹きつづけている絵筆を握る昼下がり．
私鉄沿線のモミの木陰で濡れている夢のなか．
僕は色のない海を噛む．

これは僕の知らないゼリイのため．

僕は知らないの．ゼリイのこと．
僕は金箔を食べつつ．
昨日のゆうべにきみと話し合ったの．
頭の後ろが銀色になったの．
きみもゼリイを知らなかったの．
知らないの．僕はきみに話しかけるつもりで．
果てしなく微熱の氷河の向こう側になっていくの．

僕が僕であること．
入り口と出口とはいつまでもないの．
僕はゼリイのことを考えるのがもう難しい．
例えばこの沿線の．
県立高校の．真夏の屋上．ゼリイの急流．

転がり続けるのは熱いバレーボール．
　弾まない昼下がり．

たったいま．カンバスに塗られた絵の具に．
　空の重みは吊るされて．
穴のあいたビーチサンダルを燃やせば．
　笑いながら落ちてくる投網のなか．
少しも輝かない魚が空を獲得する．
　太平洋の波打ち際があっという間に．
通過．

　　僕はまざまざと鳥のいない．
　鳥籠．　の壊れていく姿を見てずぶ濡れの一生の．
半分を過ごす．　僕は巨大な蝶と蛾．
のびしょ濡れの夢を十年間繰り返し見ている．岬の．
塔の三階にある川の水を吸った砂の時計をゆっくりと．
　滅ぼしてゆく．しかし．
　甘ったるいゼリイは騒いでいる．

踏み切りが崩れてゆく．
　角のない列車が粒状に移動してゆく．
もはや．森を頭に生やした女たちが甘い匂いを残して．
指を鳴らして通り過ぎる．僕は．
　もはやゼリイを笑ってびしょ濡れ．

　ゼリイを描きたいという思いの一点のみ．
　気圧の高い絵筆に火を点けて．

熱い唇を陸橋に押し当てると．
　氷結した燕の巣が発見されたばかりの．
キャベツ畑のそれぞれの葉裏たちに．
　騒々しい風は吹きやまない．
体のなかでゼリイがばら撒かれている．虹の発汗．

　絵の具がなくなったんだ．
　ひとまず角の生えた部屋へと．

僕のそこまでの路地裏．

真夏のゼリイがますます騒いでいる．
蹴り続ける小石は虹色．
　ゼリイとこの世界とが交代する瞬間に．
ゼリイ状の列車は過激に脱線し、

熟睡している僕は立ったまま笑っている．
　この腰のあたりをやわらかな．
入道雲が通過したまま．
終わりはいつまでも終わらないのである．
はじまりはいつまでもはじまっている．

ゼ．

ゼリイ．

二千年のエセ兄弟

まずは
粉々の泡　阿武隈川のなかで

あふれているのはエセ兄弟たちの唾液

「泡として呼んでくれ　」
嫌だ　呼ばねえ「くれ　」
まずは呼ばねえ

ほらほら呼んでくれ　そうして呼んでくれ
とにかく呼んでくれ　俺たち的にエセ的に

二千年のエセ兄弟たちの正体
白々と明けてゆく濁流

鋏を振りあげ泡を追いかけ回し　叫ぶそいつら　俺の
戻ってはこない想像の髪の汚れが
いつまでも川で燃えている

足のない蟹の影　耳の奥「くれ　呼んで　」
ああ　あそこを流れるのは鳴き声だけの蟹の胃袋だよ

様々な川の流れのなか　耳の歴史は壊滅中
軋んだ顔をした無数の兄弟たちは川底で両手を挙げ

「呼んでくれ　俺たちを　とにかく呼んでくれ　」と
そうして　泡を吹き上げ　消えてゆく川の行方

訳が分からなくて困っている
鋏を振りあげ　叫ぶそいつら

そこは　泡を運びながら白けてゆく川の内側
とにかく呼んでくれ　俺たち的にエセ的に

「泡として呼んでくれ　俺たち　」

ほらほら呼んでくれ　そうして呼んでくれ
岸辺にあふれているのは蟹の逆さまの影
空へと燃え落ちてゆくタラの芽
とにかく呼んでくれ　俺たち的にエセ的に

「間違うなよ　本当に呼ぼうとするなよ　」
とは正しい兄弟たち

うるせえな　だから　呼ばねえよ
しかし　淡々と足のない蟹は微笑み

んふふと泡
んふふとただの砂利

川　脱臼　鋏を振りあげているそいつら
エセ的に

ハンマーで割ると物凄く割れるぞ　夢の島的な三角州
で投げ捨てられた　見続けることのできなかった鏡
を

尻のポケットの携帯電話からの低い声
「呼ぶな　やっぱり呼ぶな　」という俺の声
心配するな

だから　蟹を
　兄弟とは呼ばねえよ

　　　　きらきらとした三角州
ぶん投げられている自転車を
そこにおっ立てるのだ　事もなげに

窓のない二軒の家の出しっ放しの台所で倒れている
　パラボラアンテナの影
素敵な風

阿武隈川という移動する叙情
放置された兄たちの帽子は快晴

んふふと泡を吐く兄弟
んふふと大量の影

「いや　呼んでくれぇ　呼んでくれぇ　」
というエセ兄弟たち

「とにかく　呼ぶな　呼ぶな　」という兄弟たち
おびただしい蟹が叫ぶそのすぐ後
　　何かが押し黙っている　試しに呼んでみろ

んふふと泡
んふふと泡

　堤防の裏の二軒の家のどちらかで
壊れてゆく新型の電気蟹?
コンセントの差し込み口であるならば
おおそれならば　それである

後ろ向きの入道雲が　歯の奥でうなってる
ううん　ううん
こんにちは　運ばれてくるものは水ばかり

「　呼ばれたい　是非とも　あんたに
　呼ばれたい　」粒々の思わせぶりな泡

俺の口内の風向き　狂っている
（じゃあ　最終的に一度だけでも呼ぶか？）
　ぶるぶると震えながら両手に花切り鋏を握り締め
でも二千匹の蟹どもを兄と呼ぶなんて俺は
とても臆病なのだ

俺の脳の管のなかの川
　輝きながら脳の管までをも軽々と運んでゆく
　彼方　そこで燃えるのは新型の蟹ばかり

　蟹はさらに蟹を生む
　淡々と　淡々と
　　　エセ蟹的に
次から次に蟹は生まれてゆく
　泡として
呼んでくれよ　この俺も

んふふ　両手の花切り鋏に切られてしまう花が　ゆっ
くりと咲きはじめる阿武隈川の三角州で　　その
水際で　微細な泡のなかで弾けているのは　さらに微
細な泡であり
　　　阿武隈川は　足のある蟹と足のない蟹
たちとの
　　ただなかを
　　　　　叙情的に　エセ的に　流さ
れ　流
　　　　　　　　　　れ
　　　　　　　て
　　　ゆく
…。
ところで
俺は海老だ
俺はどこまでも逆に尻尾を曲げることが出来る
という？

どこまでも卑怯な海老なのである
この川には
ところで
海老は
居ねえのか？
居ねえのか？
居ねえのか？

熱帯魚

叫ぶように怒鳴るように何百も
爽やかな風が吹いてきた

叫ぶように怒鳴るように何百も
爽やかな風が吹いてきた

派手な色合いの何億もの波打ち際が飛び込む
窓のない家で　仲良く遊ぶ二人の子供

壁には熱帯魚の明るい腹が光り
台所の何億もの丸椅子には激しい入道雲が倒れ込み
二本の水平線にいつも脅えているかのように
何億本もの紐を結ばないまま
玄関の靴は崩壊する

木目を乱したまま少しも輝かず
二人の背骨に倒れてゆくそれぞれの廊下や
波が近づくたびに熱く震えている
何億ものそれぞれの敷居や
かつて確かに窓があったそれぞれの壁に
何億もの海は倒れ込む

二人の誕生の日に
窓は消滅しはっきりと残されたのは
二枚のピンナップが貼られていた壁

二個の画鋲があった壁

二杯の野菜のスウプを零してしまった壁

熟れた二つの桃の種を噛み潰すと
僕の頭の裏側が見えてくる

寝室では脚のない二つの椅子が倒れ
僕の腰にその木目が渡ってゆく

二つの夢のなかでは納屋が燃えている

脚に髪を結わえた何億もの蝶が
次から次へと焼けた窓へと落下し

靴で風を踏みながら天使は
二匹の鳩に口づけし中庭で帽子を被る

失われた窓辺で僕の髪を
二度も洗いながら波打ち際は消えてゆき
それぞれのポストに残されたままの

八月の絵葉書に二度の落雷

八色の魚の群れは　手袋が握る
貝殻を飛び越えて二度消尽し
波打ち際で夜の美しい囁きに
不自然に二度濡れてゆく僕の中指
僕の髪のなかで抱き合う二人の八重歯の痛み

金色になって僕の背中で直立する何億もの背骨
器に盛られる味覚のない双葉の野菜へと
静かにこの世界の栄養が倒れてゆく
食卓には二本の金雀枝

世界のすべての二重線が消えてゆくあたり
二艘の漁船が破れた水平線に現れすぐに消えてゆく

錆びた二つの釣り針は熱帯魚の飼育辞典に隠されている

上空の旅客機の通路で一億枚のふすまが燃やされている

二匹の亀の甲羅に貼られている
狂った方眼紙のそれぞれの文字を読み耽る
入道雲を落下し続ける二つの三角定規を誤認する
僕の関節から零れてゆく砂浜は
一匹の甲虫を沈めて絶望的に乾いてゆく

窓のない家の天井では
二匹の熱帯魚がどこまでも
その色彩に追われるように移動してゆく
えらの奥は二つの暴風雨

僕は火星に立てられているたった一本の電信柱

窓のない家は夜明けまで明るい

二人は浴室で髪を洗うことに飽き飽きして
上の前歯を生やし終えたところである

水平線が曲がり続ける
その家の脱衣場に二つの濡れた石を投げると
夢のように泡を吐きながら
何億もの波打ち際が押し入れを突撃し

海鳴りに追われるように
背丈比べをし何億もの傷を柱につけ

かつて窓があった壁を眺めながらそろそろ眠ろうと思う
二人は眠る前に
爪を切ったところである

双子の一人が眠るこの家には窓がない

さらに
双子のもう一人が眠る
この家には窓がない

叫ぶように怒鳴るように何百も

爽やかな風が吹いてきた

稲妻

　きみがかつて拾い忘れた白球は　公園の長椅子の影まで転がり　そこに蝶が止まり　飛来する本当の世界の　安らぎがあり　枇杷の葉裏を燃やし　淡くて優しい　きみの今までの思惟の炎　そこをきみは越えなければならない

　その硬球の　裏側は　無重力のままなので足のない鳩は　飛び続けるだろう　青空ではそのボールの弾みが　幾度も繰り返され　そこが虹の入り口であり　ここまでのきみの笑顔は　だからその練習であった

　きみの口のなかには熱い風が吹き　世界中の換気扇が　激しく声をあげ　頭の後ろの緑色が音を立てながら　ゆっくりと花の咲かない林になってゆき　梨の種は空に分解されたので　虹が燃やされてゆき　だからきみは形のない鳥を　始めなければならない

　虹色が　七色を抜け出せば　虹色の炎　熱い秘密のまま　加速する　きみの頭の後ろは怒鳴る海　爆発する派手な空　崖を転がる岩のなかを　暴風雨が過ぎ　倒れてゆく雲は音速　大気圏で消えてゆく　八色の蝶　一瞬の無限に起こる紫色の稲妻　長々とした鹿の鳴き声

　たったいまきみは　叫びつつ虹を越えている　その先はさらに燃える虹である　過激にきみは　それらの燃える虹を越えてゆかなければならない　見たことのない虹を燃やし続け　燃える虹のなかで　さらに燃えている虹

を越えてゆけ　その先もさらに　燃える虹で
ある　そして　たったいま　きみが手に入れ
たいのは　その先で燃える虹なのだ

（『ＲＡＩＮＢＯＷ』一九九九年思潮社刊）

詩集〈誕生〉全篇

世界

どう譬(たと)えれば良いのか
折れ曲がる針金の先をさらに折り曲げてゆくかのように
静かに軋む自転車と
あなたが音を立てずに通り過ぎてゆくかのように
雨雲の影が緑色になってゆくかのように
世界は独り言を止めた

海は墜落した
山は叫び声をあげた
電信柱は無意味になり倒れていった
鳥は少しも考えない
視力のない森で水色に染まってしまい
魚は少しも考えない
視力のない川で土色に染まってしまい

少年は優しい考えを止めようとはしない
空想の空の下の巨大な波柱

はじめの一行をどのように記すべきなのか
それから先は本当に
幸福な世界が渦巻いている
青々とした便箋に表情はない
それを一枚ずつ無駄にしていくうちに
世界中の子供たち同士の約束は鳥になる
熱心な子羊たち
読むべきことは頭の中に既に置かれている

少年は裸足で封筒を買いに出掛けたまま
生まれてから一度も帰って来ないまま
遠い草原の一枚の葉が裏返った瞬間
私の弟となり消えてしまった
風の強い夜
自分の横顔に手を合わせていると
世界は永遠の黙礼の準備をし始める

紙魚

私の内側で　韻文を食べ尽くす

紙魚

読者諸氏よ　　あなたの行いは　正しくもなく　間違いでもなく　ただ　判然としない　文字にあふれ続ける紙魚に向かっている
をもうどう仕様もない

私は白紙の中であなたの血液の詰まった紙魚を　発見しているのにどうか　そこにとどまれ

私は鉛筆を削ることが出来ないので世界中の樹木は鋭くなる　白紙のうえ　紋白蝶の鱗粉が燃えているので頭の中の花が震えている　紙が紙を忘却している最中に　詩が終わってしまうのがいつもの私だ白紙の余白では雨が降っているけれど　指先は乾いている

　　　　　　　　　　白紙には行間が
　　　　　　　あなたは紙魚に追われている
無い　あるいは行間ばかり

　　　白紙の裏は
　　　黒い

　　九羽の鳩が九十九羽の鳩に追われ頭上を通過し
ている　　あなたは帽子を被って　炎天下　自分
の頭脳を追え　追いかけろ　私の紙の出来事よりも　力
強く動け

　　やがて　あなたの子どもたちは焼けた黒い肌
を抱きしめるかのように自分を愛してゆくのだろう

　意味を奪われたあなたは　言葉の果てで　紙の外側を
丸めている　紙魚とは何か　私は栗毛色の犬を育ててい
るがその犬が夢見ているのは鋭い紅葉だ

私たちの地球は

　　　　　　　　　　たったいま　地球の上で　　地球儀を汚す

　　　紙魚とは　サンゴ礁の海のク
ロアシアホウドリであった　泳ぐ力の波紋が広がって
ゆく紙の裏側に　難解で無邪気な塩粒がついていたので
あった

　紙魚とは　ネパール・ヒマラヤのクーンブ谷に転が
る岩の塊であった　雪と氷の王国の　無人の高度の極
限の風が紙の裏側に空の紫色を運んできたのであった

　紙魚とは　福島県福島市の犬小屋であった　窓
の外は　命を持って生まれてきた青空　私が書き続ける
文字のように生まれている紋白蝶　私は恐ろしく
て仕方がない、紙の裏側は迫っている　貴婦人の魂が訪
れています

稲妻がゆっくりとあなたに近付き　地理を知らな

いが少しの狂いもなく犬が吠えているので
そんなにも
静かに喉を嗄らすということは　頭の後ろで白い鳥が生
まれて　すぐに血を流すということだ　あなた
の口の中を食べ尽くす紙魚
白紙で壊れてゆく
海面を想え
塩を嚙め
大陸には行間が無い
あるいは行間ばかり
空の果ての言明できない

七面鳥の影
七つの海で
七匹のスズメバチが
七時の空へと吸いこまれる瞬間
私たちが未来に汚されてしまえば
七色の

白紙のうえ
白紙は既に
真白い
もはや　誰のものでもない紙魚は
白い虹に穴を開けている
私の内側で　溜まってゆく
あなたの血液は　もうどう仕様もない

遊戯

僕らはため息をつきながら
何もすることがなく退屈も度を越しているので
それでも春のぬかるみで遊び続けるしかなかった

僕らの指先も度を越してきた

太陽は激しく発情し続けていた
芽吹いてきた草花は口々に僕らをののしり始めていた
虫の卵のほとんどは僕らへの不満のために
すぐに孵化をした

僕らがどのような悪事をしてきたというのか
跳ねあげた泥で汚れている僕らの頬のそれぞれ

　僕は　きみが大嫌いだ　だけど
きみはもっと僕が大嫌いだ
おそらく僕らはこれから大人になる
自分たちの子孫がこのぬかるみで
仲良く泥遊びをしようとも
最後まで僕らの魂は許し合えないだろう

ある日　きみは僕に
幽霊は深夜に人の頭を嚙み砕くと言った
だから夜中に目を覚ましてしまったら
息を止めろと言った

苦しくて吐き出したらもうおしまいだぞと脅迫した
嘘をつくな
ある日　きみは河童に会ったと自慢した
沼底に連れて行かれて
そこで　僕の名前をはっきりと聞かれたと言った
全部が嘘ばかり　だけど僕は

　絶対に息をしない　負けるもんか
絶対に沼に近付かない　近付くもんか

僕らは心の外では何も語らない
世界が倒壊するかのような
絶対零度の薄ら笑いを浮かべ　ただぬかるみで
遊び続ける　時折に泥の本当の世界では
互いの中指がぶつかり合い
そのたびに史実では聖戦が消えてゆくのだ

ところでぬかるみとは　この世界の頭脳を僕たちが泥で
作り変えていく試みのことであろう　まあ　どうでもよ

い
思想の風は動かない　僕らはどうしたらよいのか分か
らない春の息吹だった
雲雀の声に脅える青空の息子た
ちだった
蝶が蝶に混じってゆくじゃないか
蟻が蟻から分
解してゆくじゃないか
空が空を迷わせているじゃないか
土が土を食べているじゃないか
やわらかな甲虫の角が
三本だけ斜めにそそり立つ野原の電信柱の中で電撃的
に伸びているじゃないか
それはどの柱なのか
どれもが真実へと傾いているのだが
たぶんどれでも良い
空に泥だらけの白球を
投げつける　跳ね返ってこないじゃないか　だってあ
れは泥でこしらえたもの　僕が掘った落とし穴がどこか
にあります　それは僕の指先に在るのかもしれない
僕の誕生する前から野原に倒れているきみの自転車
宇宙と一緒に修理してやるからな
えびこおろぎの想像する太陽風に
吹かれながら間違ってゆく
生き生きとした新芽　それ
を見ただけですがすがしくなってくる
新しい緑色が
僕たちの心を締めつけているからさ
僕たちは泣きながらたんぽぽの若芽を食した
少し苦味があったが春の息吹
そのものだった
僕たちは意地の悪そうなハコベを食した
葉っぱはハート型で可愛い
驚くべきことに花も食べられるのだった

僕たちは悲しい色合いのスベリヒユを食した
歯ごたえに加えてとろみがあり
ちょっとした茎の
酸味で　疲れを取ることが出来た

きみの脾臓の中を
泥が滴り落ちていくのが分かったのか

モクレンなんか　カタクリなんか　ランなんか
キクモモなんか　チューリップなんか　ものみな
泥で作り上げることが出来ます　というか　泥です

きみは泥の人形です

きみなんか生まれてこなければ良かったのに
残忍な処刑を考えているうちに
肉をこねる指が泥の中で爆笑し　爆発的に
新しいきみが出来上がってしまう

きみたちは僕の命令に従え　従うのだ
この世界
しょせん
泥から始まる

*

僕たちは呆然としてしまった
ぬかるみの底で息苦しそうに
小さな魚が反転を繰り返しているではないか！
今まで気がつかなかったとは！
僕たちのうちの誰かがそいつを捕まえようとした
触っちゃいけない！

僕たちのうちの誰かがその手を制した
その魚に触れると世界は反転する
僕たちのうちの誰かが脅えた猫のような目で
魚を見据えながら恐怖した
僕たちはさらに呆然とした
触るものか
だから世界は反転しない
魚だけは
反転している
僕らの遊戯は

ますますをもって
退屈だ

あらゆるものからせみが生まれてしまえ
あらゆるものは脱け殻になってしまえ

自分の顔のなかで髪を洗えば　ある日　頭蓋骨にたくさんのせみのさなぎが　眠っていることに気付いてしまう　未明　巨大な顔は　頭で生あくびしている　空はあたかもくるみのように硬く　すべての誕生を拒否しているかのように

自分の脳に朝焼けが染みてくるから僕は紙飛行機を飛ばしたい　飛行機雲が妙な角度で折れ曲がる真夏の空

地面に染み込む石油のようなあきらめ　僕は潜水服を試着してみたが血液が全部水になっちゃった

せみの詰まったせみが　せみを脱ぐ

そのせみはさらに新しいせみに脱がれてしまう　どんどんせみは新しくなる

どんどん脱け殻は新しくなる　いよいよ僕の頭の後ろせみたちが羽化して

いる　想像では土中の重みが充満している　せみの脱け殻が言葉の裏側を昇り詰め　空の　終焉を見極めようとして失敗してそのまま脱け殻になる

自分の

脳に朝焼けが染みてくるから生まれてしまえよ　と思っているうちに

僕の耳

では　生まれてからずっとせみしぐれが続いていました

せみの声が一斉に鳴きたてる様子は　しかし　あたかもこれまでの

僕の錯覚であったかのようでした　言わば　僕自身が間違いであり　何億もの　けたたましい虫の腹部の発音器の　その　ひとつひとつが真実であったのです

つまり　僕の幻聴とは

正しく　僕自身であります　僕はまだ生まれて来ないのか　脳に朝焼けが染みてくるけれど

無言の空を飛び終えてひぐらしはそのまま脱け殻です

意味の淵からかなかなが絶叫しています

あぶらぜみが　髭を生やした雲の影に追われているのに電信柱に　僕は花を添えている　その花は　花びらがないのに

みんみんぜみの羽は透明なのに　体は緑色なのです　僕は口笛を吹きながら落雷そのものになりたいと思ってい

るのに　にいにいぜみの記憶が火星の炎になろうとして
います
　つくつくぼうしはツクツクボーシ　ツクツ
クボーシ　ツクリョーンと鳴くのですが　屋久島のもの
は「ツクリョーン」と鳴かないのです　それなのに
種子島のくまぜみは　遠野の森の「ミヤマクワ
ガタ」になろうとしているのです

「マグロゼミ」が大発生
している夢を　見ました
僕は　そのせみを見たこ
とがない　なのに　夢の
中では　大群になってお
り　得体の知れない虫の
影が増殖し　続けました
やがて言葉の無い稲妻が
起こり　次に稲妻の無い
稲妻が起こっていました

やがて
夢は一目散に
終わる
僕の現在性は「マグロゼミ」
で
いっぱいになりました
しかし
僕はそれを見たことが
無いのです
だから大群だけを目が見
ていま
す
増殖だけが増えていきま
す　そして　その増殖だけが
さらに　増えていきま
す

せ

みの始まりはせみの終わり

生まれたばかりのせみが鳴き始めようとして

体を震わせた一瞬

世界中のせみが鳴くのを止めました

生まれたばかりのせみ

鳴くのを止めようとして

体を震わせた一瞬

世界中のせみは鳴き始めました

犬を探して下さい、探して下さいよ。

ぼ　僕の理想の犬は是非とも　探して下さい　僕の
家を泥だらけの革靴で散々に踏みにじっても良いのです

ま　窓の裏側で　穴だらけの挨拶が燃えている休日に
一斉に葉を揺らしながら樹木が　ゆ　行方をくらまし
ました　手のなかで　川が増えています　僕の愛玩動物
は　だから是非とも探して下さい　お探しなさいよ

た　たくさんの生命線が　火を運んでいる　舌の乾い
た現在の途中なのです　浮かれ気分ではじまっている鹿
の死後のなか　極端に小さい観覧車の影が　ぐるぐると
回りながら　お　大空を尖らせてゆきます　色の薄い犬
たちは眠らない草に追われています　おお　大きな窓辺
が　この近所では増えています　だから　ちゃあんとし
た犬を見つけて下さい

僕の家が　庭が　空白が　消える時には　様々なもの

から様々なものへと犬は終わっているみたいだ　それは
何の兆しでも結果でもない　あのね　ただ終わっている
みたいなの　しばらく押し黙った後に　僕の真ん中の人
生でうすら笑う犬はどこでふざけていますか

　僕の理想の犬は是非とも探して下さい　僕のこの完璧
な浴室によく磨き込まれた鉄下駄を放り込んでもよいの
です

　　　　　　　　　　　　　　　　　　　　　ふ
ざけた情欲のよだれ

ゆ　行方のことはよく分からない　何が起こるのかも
想像できない

あ　ああ　頭の奥の四月四日で　燃えているマングロ
ーブのはっきりとしない心が　僕の神経をパイナップル
農園の駐車場の水たまりまで運び　切断　一本　一本
聞き取っている犬の耳　聞き取っていない犬の耳

　舌の裏を歩いてきた四本足の空は　涙を浮かべずに
あるいは　よだれを飲み　名前のない犬は髪を生やして
爆笑する　あるいは　爆笑しない

　未来の犬の息が太平洋を渡った　静かに甘さを増し
ている海老　懐疑的な僕の指紋が緑色になってしまった
おお　なってしまった

　ほおら　ほら　手と足とが引っ掛かり　水の法則は
笑いながら狂ってゆく　浜辺の乾燥した網に吊るされて
いる火星の果ては大雨になっている　間違ってばかりの
黄色い飛行機の青々とした影に尾行される犬　を尾行す
る犬

も　もう　好いのです　構いやしないのであります
海の果てでのどを腫らして前足で天王星の果てまでたど
り着きながら前歯がないので奥歯が輝いているという犬

は探さないで下さい

髪をお下げにして口のなかでゆっくりとチョコレートを
溶かし続けていて踏み切りで記憶を無くしたまま背中に
太平洋を連れてきてしまったという犬は探さないで下さ
い

青空を急冷している冷蔵庫の野菜室に栄養を隠したまま
長々とした台詞を噛みくだき何回もよだれを垂らしてし
まっているという犬を探して下さい

レモンの内側で革命を起こしたまま静かな嵐に向かって
消えない角度を光らせたまま分度器をくわえている犬を
探して下さいよ

胸を患ったまま蝶に夢見られているという犬をどうかお
探し下さいませ

生まれてからずっと集中豪雨を追い続け　濡れた野望を
抱え込みすぎて盛んに飴を嘗め狂っている犬はどこに居
ますか

肉体を解放したままでわき目も振らず川を渡り大陸を燃
やし　見えない檻のようなものから少しも出られずよだ
れを垂らす犬は捨てて下さい

私のことは探さないで下さいよ犬を探しておいて下さい
よう

太陽に心臓があることも思い出すことが出来ずに往来で
水を探し回り　片足の先に花びらを付けている犬は捨て
て下さい

犬を探して下さい、探さないで下さい

ふ
ざけた情欲のよだれを飲み込んでここまで読んだのはあ
なたでした

天気図は尖ってゆく

　共同で天気図を書き殴っているのは　眼鏡を無くしてしまったきみの弟である　途切れてしまったラジオを分解すると雨　緑色の雀ばかりが鳴くので　もはやきみの部屋の氷河の写真を燃やすしかないのだろう

　緑色の雀ばかりが鳴くので　汚れている天気図を破ると　淫らな意味が竜巻に乗る　動物の血が降ってくる針葉樹林で　何億も燃やされてしまうのは折れ曲がった蠅たたきである　ある枝とある枝との間の蜘蛛の巣に水滴がかかれば晴れ　さあ　天気図を書こう

美しい誤解は鱗粉である　蝶よ舞え　命令形のぬいぐるみのウサギの欠けた奥歯を　少しずつ照らしてゆく　朝陽

鹿の情念に少し似ている畦道　秘密の花の色を全身に受け　滝の人格を上手に奪い続ける犬は　銀を食べ過ぎるので腹のなかで吠え過ぎると晴れ

星のキラメキの強い夜の翌朝は台風になる　さあ　森の分かれ道で立ち止まれ　そして天気図の失敗作を書き続けよう　針葉樹林の地下で天気図を燃やす試み

手首に湿疹　それを数えていると頭のなかは晴れ　夏の白鳥は心の果てで北緯を消す　このような森の中央では　三角定規も見事に消滅

僕らの肝臓のなか　終わらないのは雨の針葉樹林　尖った木の下で書き殴った天気図をぶち壊す試み

すじ雲が西へ進めば晴れは続く　飛行機雲が消えなければ天気は崩れる　すると謎の水たまりで深海魚は跳ねる　嘘つきな少女たちは　互いの光の輪を追いかけ　その瞬間に銅の粉となり新しい天気図用紙にぱらぱらと零れ落ちる試み　ところで僕は浮かばない言葉の端まで　エゾシカを追い詰めれば爽やかな二酸化炭素の風

天気

図を針葉樹林のどこかで完成させるために用意するもの
天気図用紙（白紙のよく汚れているもの）　縫い針　こ
れは地平線を縫い綴じた後のもの　そして　予想をはる
かに超えたボールペン

「僕が握り締めているもの「偽造のきみの東北地方の戸
籍抄本「秘密が雲を染め上げると「霰」

上海が雨になると翌日の九州は雨」うろこ雲が出ると翌
日と翌々日は雨」雲の張りが北西から南東だと雨」乳房
雲が出ると雨」遠くの山が近くに見えると雨」「僕らは
何回も大失敗の天気図を書き殴る」「針葉樹林は尖って
ゆく」「さらなる世界のアンテナはこのように淫らであ
り続けて欲しい」

　熊の舌が脳髄でぐじゃぐじゃ
な泥と混ざり合い　僕はばら
ばらに熊の手の柔らかな部分
で展開し続けられ　僕は僕の
握力だ　僕は昨日も湿疹を人
差し指で掻いてしまっていた
三つ子の熊が倒れてゆく試み

鹿は　静かに道の途中で転び
そのまま青空の血液となって

林になり枝になり葉先になり
その先になり始めてゆく　明
日の朝までにまた新しい天気
図を書かねばならない　鹿が

角を無計画に振り回すと稲妻

眼鏡を無くしたきみの弟は　この書きかけの天気図を
針で刺し続ける　ぶすりぶすりと　事細かに刺し続ける
刺し終わると雨　、ところできみよ　一昨日の天気図を
そろそろ僕に　返してはくれないか　そこに新しい針葉
樹を書き込まなくてはいけない　その隣に　さらに新し
い針葉樹を書き込まなくてはいけない　そうやって針葉
樹を書き込まなくてはいけない　だから　天気図を書き
殴るためには　あくまでも針葉樹林の奥へ行け　そして
針葉樹を書き込まなくてはいけない

ところで緑色の雀
は何億もそれぞれの針葉樹に集まっており　鳴きわめき
つつ葉先を食い荒らす　このまま　クチバシが割れ　喉
が嗄れるまで鳴き続けたとしても　ぴたりと止めたとし
ても
　明日は晴れるのか晴れないのか　　これら
は雀なのかやはり雀なのか

事件

私たち　美しい偽物の陽だまりのなか　信号が赤に変
わってゆく　その間　風は吹き　小さな枝先は揺れ　そ
の先　どうか私たちではありませんように　パラボラア
ンテナが変色し角度の狂った電波は　はるか遠い近所か
ら送られてきている　パラボラアンテナの影が折れ曲が
り　どうか私たちの家のアンテナではありませんように
便所へと馬の蹄鉄が投げ込まれ　その瞬間に馬の群れが
胃の底で液体となり　どうか私たちの家ではありません
ように　くるくると回って家が溶けてゆき　どうか私た
ちの部屋ではありませんように　ただただ　転がる奥歯
どうか私たちの家族のものではありませんように　子供
たちのキャッチボール　指から離れた真っ白いボール
どうか私たちの指ではありませんように

口のなかに
現実が溢れ
てくる　私

たちは舗装
道路を背中
に流す　髪
を短く切っ
た後の　頭
の後ろで燃
えあがる私
たちの　家
族のはっき
りとした靴
どうか　お
願いします
どうか私た
ちではあり
ませんよう
に

溶け続け
ている馬は

皮膚のない
葡萄を運ぶ

　マリモの奥　柔らか
な新幹線は　沈み続け
乗客たちはまだ眠って
います　その人たちの
妹は黄色い鉛筆を削り
終えたのだった　です
からよろしく頼みます

　時計の針が　折れ曲が
っている飛行船が生まれ
たばかりの金魚を運んで
来る　これらの原色の真
実を目茶苦茶に　私の家
でこうなったらごまかし
ても良い

明け方の　切り子細工の皿の底でたったいま入道雲は沈
黙　葡萄は呆然　警笛が聞こえる　熱のない熱帯魚の口
から　だから　よろしくお願いします　隣の家の蛇口か
らひとつだけ水が滴る　お願いします　どうか　私たち
でなければ良いのです　私たちでさえなければ良いので
す

おい　おまえ

冷たい緑色の鹿の喉を
撫でるな　その指紋は
竜巻　遠いところでケ
シゴムを削っている人
その妹はまだ眠ってい
ます　だから　お願い
申し上げます
　　　切り子
細工の器が並ぶ隣の家
の食器棚に突風は起こ
らない　土鍋には津波
鉄の海亀が　僕の骨盤
で　自転車を産む　そ
のまま渡米

お頼みいたします
頭を下げている次第であります
お願いします　私たちではありませんように
あなたたちでありますように　あなたたちに
お願いします　無視しろ　お願いします　よく聞け
分かったか　返事しろ　お願いします
返事するな

ふざけるな　無視するな　私たちでさえなければ　良い
のです

ふざけながら
ふざけている
のが恐ろしい
のでふざけて

いる私たちは

美しい陽だまりのなか　泣き狂う
しかない部屋のなかで信号が青に
変わってゆき　泣き狂う私たちは

ふざけながら
ふざけている
のが恐ろしい
のでふざけて
いる私たちは

泣けよ　狂えよ　笑うな　泣くな
中指を曲げるな　脾臓を動かすな
陽だまりで　このような私たちは

ふざけながら
ふざけている
のが恐ろしい
のでふざけて
いる私たちは

息を殺してお願いしております
いかがかしら　私たちでなくとも
よろしいかしら

禁忌

スズメバチに　たったいま　さ　刺されてしまったので
桃を剝き始めようと思っています　ショックと激痛のさ
なか　ち　緻密だと俺は言った　言いました　この桃の
肉のことです　本日も　三十九度の気温でした　一匹の
スズメバチ
に刺されてしまったので　毒がかけめぐるまま　桃を剝
いていると　俺の縞模様の影で　たくさんのスズメバチ
のお尻が　踊っている
やわらかで　濃密

な「あかつき」の　白肉は　歴史で　鋭く　甘味を増してゆく　俺の胃袋で真夏の電信柱の影が　並んで尖って揺れている

俺を刺し続ける　この一匹のスズメバチに　負けずに桃を剝き続けていると　世界はますます緻密になってゆく

スズメバチの触角が　止まった瞬間　やわらかな桃の葉が　黄色と黒の縞縞になっている　最中であった

スズメバチに刺されてしまったので　抗ヒスタミン剤を塗らなくちゃいけないのだけれども　桃を剝くことを止めるわけにはいかない　薬指も刺されてしまったのです

劇的に桃を剝いているといろんなことが起きます　俺はスズメバチに刺されてしまったのだけれど（今も刺されてしまったのだけれど）また刺されてしまったのだけれど

千人の詩人がバスケットボールをして　負けてしまったという噂を　母から聞いたのだけれど　爆発的に桃を剝いていると　あの日　スズメバチの毒針を頭の中に置き忘れてしまっていること

に気が付きました　もはや　粉々に砕けた豆腐を思い続ける他はありません　千人の縞縞の子どもたちがサッカーボールを蹴り続けている試合中継をテレビで見ることは出来ません　三十九度の正午の空に美しく不発の花火が散っています　スズメバチは青空を刺しましたよ

煽情的に桃を剝いているといろんなことが起きます　俺はスズメバチに刺されてしまったのだけれど（今も刺されてしまったのだけれど）また刺されてしまったのだけれど　過激な桃肉の味　もはや腐りかけた桃にまで　刃を立たせるのでありました　スズメバチがスズメバチとして生まれてゆく青空で裏返るピンクの凪

桃の皮が夢の言葉のように　胸の中に少しずつ溜まってゆく

そうか　このようにも幸せな気持ちとは　不安なもの
なのだな
桃の実が削ぎ落とされ　無駄の無い
一篇の詩のように　行きどころが無い　腐っていきます
はっきりと美しい桃
の木が倒れちゃった　根毛から葉先まで　桃色の樹木は
倒れちゃった
おお
嘘です　これは　そのようなものではない　人間の肉体
である　そして激しい感情に身を震わせながら　ゆっく
りと俺は起き上がった　起き上がった
その
間も俺は最後の桃を剝こうとしていました　異常な桃を
剝いていると　いろんなことが起こりません　俺はスズ
メバチに刺されてしまったのだけれど（今も刺されてし
まったのだけれど）
また刺されてしまったのだけれど　豪華な桃を
剝くと　一匹のスズメバチが猛り狂って急降下してきま
した　猛烈な勢いであり　スズメバチになってしまいた
いのはむしろ俺のほうです
それなのに俺に
毒を打ち込み続ける　このスズメバチは　真夏の空に重
油を呑ませようとして失敗し　それを　刺してくること
もあります
俺の胃袋の　　電信柱の影は　ま
すます
厳密におびただしく並べられ　尖る
この刹那　、　　俺こそは　情熱の
桃を剝き終え
嚙み砕き
燃えあがる食欲の底へと
淫らな盛夏の
肉の　怒濤の
雨を

まさに降らせている　世界最後の桃の甘みよ
　胃の奥で尖れ

一匹のスズメバチが猛り狂って急降下してきました
桃は無くなってしまった　桃は無くなってしまった
それでも俺は剝くことが出来ます
鮮やかな手つきでぐるぐると皮を剝き続けます
何億もの　スズメバチが　猛り狂って急降下してきました　たったいま　俺は　剝き始めました　剝き始めます
何億もの　スズメバチが気を毛羽立たせながら　俺を刺しているからなのです　それでもなお　剝こうとしている　俺はそれでも　剝き始める　鮮やかな手つきでぐるぐると皮を剝いている　それにしてもこのようにも　スズメバチが　怒号する　俺はたったいま　何を
剝いているのか
剝け　剝くのである　剝いているのは　甘ったるい　腐りかけの果実などではない　激怒　そのものに向かって
俺は刃を立てている

WAR

　丘に行こう　風が少しも吹かないのに暴風雨が続いている　あの丘へ行こう　歴史の無い鷹の影に追われてこ

こまで駆けてきた　遠くで岩の転がる音が　聞こえない聞こえない

シジュウカラが燃えているから　ヤマセミが雨になって降って来るから　ヒヨドリがばらばらに切られてきみのナワバリの木漏れ陽になっているから　フクロウが俺の瞼の裏で黒く光っているから　光っているから

恐ろしい大佐が隠れている　恐ろしい大佐が隠れているのだ　聞き分けることの出来ない入道雲の衝突が恐ろしい　恐ろしい　永遠に生まれては来ない鳥を抱くことは出来ない　出来ない

たったいま　膨大な余白が通り過ぎた世界最後の鳥の頭脳に日が照っていた　照っていたから鉄散弾の散らばる丘へ行こう　行こう

掘り出せばすぐに真珠のような　実弾と不発弾とが現れるその丘へ　散弾銃を持って来い　青空をぶっ放してやる　ぶっ放してやる

大佐は　生まれていない俺に対してこの上なく傲慢だ　日本の鷹の影は俺を追い詰めて濡れてゆく　俺の胸の中のプルトニウムに折れ曲がったフォークを投げ込め　投げ込め

その実　俺はまだ生まれてはいない　聞き分けることの出来ない入道雲の衝突が　ああ　そら恐ろしい

ツバメの巣を持って来い　持って来ました　ぶっ放してやる　散々に飛び散ってゆくツバメの体たち　散弾独特の鉄の仁丹　千の弾丸が先か　鳥の破片が先か

それぞれに虐殺されたツバメの想像の中で　鳥の巣が怒りのごとく燃えあがってゆく　なんということのない微細な壊滅ではないか　はい分かりました

右向け右　左向け右　犬は犬になれ犬　魚は猫になれ馬　はい　分かりました　そして　鳥になれ　はい分かりません

やがて大佐は　空から降ってきた一匹の瀕死の
鳥をゆっくりと脅迫しながら殺していくことにした　腕
のなかで大佐に翼を切り落とされたまま羽根を広げよう
としているこの鳥には口が無い

か弱い首へとこめる大佐
の指の力は　空が世界を世界の中へと押し込めようとす
ることと同じであり

いま
にも最後の力で飛ぼうとする弱々しく　悲しい意志が手
に跳ね返ってくるけれど　大佐は負けじと機械的な殺意
になっている　なってしまう　空はやがて歪む　本当に
涼しい風が吹いてくる　吹いてこない　聞き分けること
の出来ない入道雲の衝突が恐ろしいのだよ　鳥は空を睨
んでいる　あたかも　全ての敵はこの膨大な青さである
とでもいうかのように

大佐は　今にも息絶えようとす
るその鳥を放りあげ　わざと的を外している　外してい
る

もはや俺は大佐を
許せない　そのたびごとに　大佐の空に放つ散弾は炸裂
その他の鳥は頭が無い　尻が無い　言葉が無い　思想が
無い　何回も空を舞うこの弱体な鳥には当たらない

ついには空が射抜かれる　雲の呟きが足の裏から聞
こえてきて　大佐は頭の無い大佐になじられている　な
じられている

もはや寸前のこの鳥は空を
睨んでいる　あらゆる鳥類の血が流れるだけ流れ　大量
に種族が殺戮されたこの丘で　それでも大佐に抱かれて
いる　抱かれている最後の　虫の息の　一羽なのであり
ます

鳥はこと切れて簡単に死んだ　この大佐は
これみよがしに煩悶しています　殺戮について　暴虐に
ついて　虐待について　服従について
大佐はこれみよがしに煩悶していません

葬るようにと命じられ　受け渡された　羽のような重み
の　その体には　二本足もあったし　四本の手もあった
尾は太くて長すぎるし　口も無いのに　牙があった　何
よりも長々とした首が美しすぎた　大佐　この鳥は何だ
ったのでありますか　果たして鳥だったのでありますか

ご報告申しあげます　この丘は　あまり小高くないので
あります　むしろくぼんでいるといってもいいほどであ
ります　じつは　散らばる　鉄の散弾も無ければ　鳥も
鳥の飛ぶ空も無いのであります　雑草すら生えていませ
ん　そして暴虐な大佐の影ははじめから消えているので
あります　そればかりか　俺はまだ生まれてはいないの
であります　聞き分けることの出来ない入道雲の衝突が
そら恐ろしいのであります　丘は何かを決意したかのよ
うに　たったいま風に吹かれております　やがて鋭く降
りはじめた真夏の雨は

俺の血そのものになろうとしています

そうだったのだ　俺はまだ生まれていないのではなく

たったいま死んだのだ
った　死んだのだった　大佐と　何百人もの兵士たちは
俺とその他の下士官とを処刑した後　貧しい荒野のくぼ
地の底へと向かって死体を蹴り捨て　大佐の命令のもと

それぞれが　それぞれの小高い丘へ撤退した　撤退した
ならば丘へ
行くのだ　丘へ行くのだよ　そこには恐ろしい大佐が隠
れているのだ　丘は何かを決意したかのように風に吹か
れております
生きている鳥たちは命令を受け
て疲れ切りながらも　ほおら　空を飛んでいるではない
か　真夏の太陽の横顔を見あげ
からからに喉の渇いた俺は銃殺されたばかりである
そうだった
のだ　俺はまだ生まれていないのであります　聞き分け
ることの出来ない入道雲の衝突がそら恐ろしい　そら恐
ろしいのであります

バンザイ、バンザイ、バンザイ！

なぜなら窓の外は晴天なのです
晴天が続いている　続いている　おはよう
ございます　バンザイしなさいと教師　鋭い太陽の光が
零れ落ち　まず朝の連絡をします　教室は晴天が続いて
いますが　大丈夫ですか　バンザイしなさいと教師
窓ガラスの心は割れていませんが　ここには教室
がありません　天井がどこまでも青空となって広がって
ゆく　笑ってしまいたくなる風　私たちの心は晴れ渡っ
ていますと私
青空教室バンザイ
黒板にチョークで横一文字に
はっきりと真っ直ぐに線を引きます　いかがですか　そ
れは直線ですかと質問されたので　その疑問を叱りつけ

る教師　真横の線を強烈に見極めなさい　少しの狂いも
ない　平らな線の中心が　明るくなり始めているだろう
と教師　　　　　　　　　　　　　　　　　　　　　私
たちの心は晴れ渡っていますと私！

バンザイしなさい、バンザイしなさいよ
バンザイしなさいと教師！

　太陽の存在がしだいにはっきりとしてくるだろう
あまりの衝撃に地平線は歪み　線はいまにも燃えようと
しており　先生の書き尽くした線が　曲がってみえると
したら　それはきみの精神が笑っている　　　　　　こ
の黒板の闇のなかで宇宙は膨らむ　すがすがしい風　鉛
筆の鋭い先からは太平洋がこぼれてくる　私たちの心は
晴れ渡っています
　　　　　　　　　　　右手をあげなさい　右手
をあげなさい　右手をあげなさいと教師

　　　　　　　　　　　鉛筆の折れる音が　空一面に広がる
私たちは　私たちから　こぼれることの連続だ　そんな
青空の教室にて　太平洋が鉛筆の先を丸めてゆく　その
沖から文字がこぼれ続ける　私たちの心は晴れ渡ってい
ます
　　　　　　　　左手をあげなさい　左手
をあげなさいと教師

　私はこの世界のあらゆる線を呑み込んで　世界史の
時間には　高まる緯度になってしまおうかしら　そんな
縞縞の現在　私たちの舌打ちは　　　　　　　火星の空
の音のない稲妻です
　　　　　　　　　　私たちは意味の内側で私た
ちの校庭を征服してしまったから　私たちの心は晴れ渡
っています　青空教室バンザイ　　　　私たちの断言はこ
の青空の部屋で　黒々とした煙をあげながら　膨大な余
白になってしまうだろう　私たちの夢には日が照ってい

る　黒板から太平洋があふれてきた
私たち
は　誰かの影になりながら　果物の内側で果物を実らせ
て　砂糖の影をながく　大陸へと倒しているよ　私たち
の心は甘く晴れ渡っていまあす
川が言葉と擦
れ違いながら　彼方まで光を運ぼうとするから　私たち
は渦潮の音に悩まされ　心に愛を満たしているだけだ
空が言葉を打ち倒しながら
鳥かごを風に晒し
ているので　形のない鳥は　過激に燃える酸素を食べ終
えたばかりだ
私たち
は青い花のなか　白い花が枯れてゆくのを　眺めている
よそ見してはいけないのですか　減点ですか　退学です
か
私たちの心は　晴れ渡っています　青空

教室バンザイ
私たちは　やがて　この青空の果てで卒業
し　世界中の椅子の足を切り続けなければならない　私
たちの言葉はどこにも届かずに
小さなく
るみの木の葉を裏返し続けなければならない
、　消しゴム工場の　工
場長の末の息子さんが転校してきましたよ　バンザイ
私たちの心は晴れ渡っています
右手をあげなさい　右手をあげなさいと教師
右手をあげる私　晴天の教室に　右手があふれているか
ら　私たちは　先生
増殖するこの右手は
右手なのでしょうか　ならば左手をあげなさいと教師
踊り場では無言の洪水

右側と左側の翼でそれぞれ異なる均衡を保ちながら　大
陸に広がる校庭のざくろの木から　アヒルが産まれてい
ます
　　　　ならば　左手をあげなさい　私は左手
をあげなさい　あまりにも青空の笑顔が眩しい
　　　　　　左手をあげる私　世界に操作
されながら　手を振り続けるテナガザルを愛しています
左手から右手を奪われ　もしくは右手から左手を奪われ
　　　青空のもと　生徒たちが鉛筆を尖らせ
ている　真横に　帳面に線を引け　鉛筆の線は何かを襲
うつもりらしい　激しく直線になろうとしている　燃え
盛る太平洋が
　　　　その沖でこぼれ出すよ　ノー
トは　すぐ　燃えようとしています　水平線は　水平線
を運ぶだろう　私たちはたくさんの鉛筆を持っているか
ら
　　その全てを削り終えると　莫大な数の鳥
が翼を消してしまうのだ　鉛筆の折れる音が空一面に広
がる　青空からの命令は続く　左手をあげなさい　左手
をおろしなさい　右手をあげなさい　右手をおろしなさ
い　青空教室は崩壊した！
　　　　窓の外は豪雨ですが　教室
も豪雨です　激しい豪雨は　雷をともなう恐れがあるた
め　時折　みなさんは　緊急に避難しろ　そして　誰も

いなくなった　豪雨のなか　無人の私　右手をあげなさい　左手をあげなさい　右手をあげれば良いのか　左手をあげれば良いのか　右手をあげなければ良いのか　左手をあげなければ良いのか　両手をあげてしまえばどうなるのか
バンザイ　バンザイしている教師

生誕

クルクルクルクル　うずまきちゃん
　　誕生したら　きみは！

そう呼ばれてみんなに　思い切り可愛がられちゃうのさ！
生きる欲望が生まれたてとなつて　らせん状に激しく高まつてゆくのさ！
　　クルクルクルクル
なんて可愛らしいくせ毛なのかしら
　　可愛い　可愛いクルクルちゃん　くせ毛の　きみ！
うずまきちゃん　クルクルクルクル
　　　　髪を梳かしながらさ
　　　　まだ生まれていないきみは
渦になつちやつてる　花のない花嵐

風を回して　無人のきみは　目を回す！

うずまきちゃん
きみはあらゆるものになっちゃってるね！
　　唐草模様と　指紋と　星雲と　一緒
　になっちゃったらどうだろう　ＤＮＡ！

さあ渦巻け鳴門海峡よ
　僕らの三半規管も急回転さ
　　猿の疑惑が渦巻き　過ぎてゆくよ
右巻きに飽きてしまい左巻きに殻の流れを
流転する　カタツムリはくるくると回り続ける
一輪車の夢を見ていますよ
いったい　どこで遊んでいるんだい

うずまきちゃん　クルクルくせ毛の可愛いボクよ

誕生しなさい　うずまきちゃん　きみはいよいよ　どう
しているの？
　　　　　　　　早く　こっちに　おいで！
　　　　　　　　　　　　　　　うずまきちゃん、

あるいは　桜の散らないブータンの寺院の壁の
　　　　　　　　　　　　　　　うずまきちゃん、

あるいは　花が笑い続けるアサガオの蔓の先の
　　　　　　　　　　　　　　　うずまきちゃん、

あるいは　乱視に思い悩む聖獣の吐き出す息の
　　　　　　　　　　　　　　　うずまきちゃん、

あるいは　白鳥の影まで流す阿武隈川の奔流の

うずまきちゃん、
世界中の換気扇を回すな　世界中の傘をクルクル
回すな
世界中のバレリーナ　踊るな　などなど
現代語で回文作るな
忘却された歴史をグルグル繰り返すな
未来に前世を思い出すな　なーんてね
かえでの木から山が外れ　川が空に倒れこみ
海から波が脱出　雷鳴
風が　まだ生まれ
ない命を　笑わせようとする僕の涙のしずくの終わりは

川と海の境目だよ　教えてあげてね　空の巻き雲を　踏
み外すとどうなる　空　あぶないよ　だから　守ってね
空！　どうしているの？　早く　こっちにおいで　きみ
はこれから
渦を巻きながら誕生するとでもいうのかい！
樹木が祭りのように伸びていく　葉の裏側
どんなことを考えているの
どこまで　かえではあまーくなれるのかな
想うことは　風
になることさ　鉛筆の先がたつたいま
折れちやつたけれど　計算用紙に書かれた地図の
円筒図法の上に　空の想像が在り
メイプルシロツプが　空に溶けてしまつたから　その

色は　僕の血液から先の話だね　ささやくように　空を
飛ぼうとする巻き雲へ　青い円盤を投げてやると　甘く
回転しながら　新記録になると良い
　　　待ち焦がれているんだ
うずまきちゃん
　　薔薇の花がきりもみしながら
　　この世界へ落ちてくること
豊かな虹を追い　心だけのきみが
荒野を疾走すれば　砂煙の渦
きみが　川を超えてくると　濁流
さらに　雲が　巻かれてゆき
きみが　海を回している　おお　大漁　大漁
　　　　渦が渦から産まれると　渦潮は
地球を回す
　　海に浮かぶ海が　渦を食べたまま
　　渦に迷つちやつているね　投げたスピン
ボールはいつまでも返つて来ない　そんな海浜は波に
消え　きみはもうすぐやつて来い
　　青空の頭脳と　夜空の目元と　朝空のくちびるが
　　きみのお顔になつちやつた！
　　　　　　　　　　　　　　　　　　　　　　　　真昼
の旗がはためき笑つていたね
夜更けに夕暮れが沈んでいたね　朝焼けが産声のようだ
　　可愛いらしいね
　　かりそめに

花嵐は嵐を止めた
星は昨日の公転を止めた
風車は風を止めた
銀河は今日の旋回を止めた
観覧車は空を止めた
円周率は数字を止めた
宇宙は明日への輪廻を止めた
きみの誕生の瞬間
グルグルと
渦巻き出す

理容

髪を切ると彼方から吹く青い空の風がある
荒々しく切断されたので宇宙は黒く動いたまま
ハサミはハサミを超えようとし銀色に爆発
失われた言葉は切られた髪となりこの床は騒々しい
虹色の思考は頭の後ろで正しく散髪されてゆく

私たちの世界は洗髪されたので白い色鉛筆が折れる
耳の先に残った泡は呟きを止めず哲学を語り尽くす
太平洋の蟹の決断が耳の渦巻きの中で立ち迷う
私は宇宙の端で処刑されつつ一本だけ眉を剃られる

世界の果てで燃え尽きた森の代わりに髭を剃られた
ナイフで頬を削られ私は血だらけの崖となる
隣の客の枝分かれしている毛先にはテナガザルの唾
宇宙は時折に私たちを強引に誕生させ滅亡させる
終わりを告げられ鏡でつぶさに己の死後を目撃する

料金の支払いを終え冷や汗で愛想笑いを繰り返す客

変声期

雪が燃えるだろう　世界中の
白地図が燃える
砂漠が消える
星の妹の言葉がかかとに張りつく
津波の予報が鳩の声になる
真珠が天使の弟に生まれ変わる
白鳥は温度を忘れたまま消える
凍った水たまりが空の予定を吸い込む
恋人は椅子の上で河馬を夢想する
姉の中指に昆虫の涙を滴らせておく
窓ガラスに太平洋が映る
兄は森の奥で落第する
花粉が宝石のように降ってくる
南カリフォルニアでヘアピンが一つだけ消える

雲が燃えるだろう
美しい陽差しを受けて
未明の樹木が僕らの鼻の奥で
魚になろうとしている
青空に青空の姿を
正確に言い表そうとする
口の中は全て青空になってしまう

太郎を眠らせ太郎の屋根に太郎ふりつむ
次郎を眠らせ次郎の屋根に次郎ふりつむ

電信柱が本日の冬空の果てでぶつぶつとうつむいて
密告し続けている僕の向こう側
はっきりと雪の笑い声が聞こえている

世界中の白鳥は変声期
莫大な言葉は
僕の頭の後ろで

種子のないカボチャを食べて疾走中である

僕のニセの誕生日に迎える夜の変声期
粉雪が降り注ぐ本日の果て
世界は世界であり続け　夜は夜で
あり続け　そのことにのみ
雪は意味を奪われつつソプラノの声として降り注ぐ

真冬の叙情は既に僕の髪型として絡み合う
世界中の測量士の子供の指紋の果てで
僕の指紋は渦を巻き
測定不可能な宇宙の暗黒を燃やす夜の雪
未来の青空を濁らせている最中である

真冬の甲虫は羽化
鮮やかな無意味は空に広がってゆき
思惟の混ざりあった雪原は吹雪いており
伝書鳩を純白の森まで追いかけて失語しながら
もう五分が経ってしまった

たったいま中指に冷たい飛行機雲の訪れ

僕は凧の骨組みに精神を捕らわれ
声をあげる白鳥の喉である
零歳であり二千年である
僕の誕生日に世界は世界であり続ける
そのことにのみ雪は意味を奪われつつ
ソプラノの声として降り注ぐ

無感覚な豪雪は思想を空爆中
高温の零度の言葉は消えそぼり
零下の暗闇は無言で絶叫中

「僕たちは白々とした恐怖である
黒々とした恐怖である」
夜半の頭脳を伸びてゆく無人の農免道路
真冬の鋭い道の先に降る無声の高さ

頭脳を眠らせ頭脳の後ろに頭脳がふりつむ
何億人もの「太郎」と「次郎」とが誕生する
鋭い髪型の冷たい子供たちは
失われた窓から零れ落ち
ものみな同じ指紋

　恐ろしい言葉の集団である
まとまりがあるようで
まとまったことは一度もない
けれどもその実は
世界の夢を構成するたった一個の主題である

絶叫したまま黒くて白い地平線
無言で整列する難しい髪型の
屋根を失くした
無数の「太郎」と「次郎」たち

「太郎」たちは変声期
もどかしいほど声が出ない

　やがて

　詩が爆発する

ふりつむ雪は瞬時にして爆発
世界の消去された意味のうえ

　　　　「太郎」たちの変声期は終わる
　　　　　やがて

「次郎」たちは変声期
もどかしいほど声が出ない
再び

　宇宙が爆発する

太郎を目覚めさせ
太郎の屋根に
火ふりつむ

路面電車が、酢酸を積んで停車している。私ではない津波が竜巻と共に押し寄せる。

　茶碗の底に蟹の影が映る。本日の太平洋が溢れてくる。船底のないタンカーが玄関で座礁している、難しい顔の詩書の装丁家は、溺れている蟻と盗まれた蟻の巣とを無視している。私ではない津波が竜巻と共に押し寄せる。

　海面の裏側は一枚の皮膚である。私は深夜、あなたの肌に波浪の行き先を尋ねられる。さっきまで、画用紙に直線を引いていたから、頭の奥の赤々とした大陸が少しだけずれてしまう。地軸はあなたの右。赤道はあなたの左。私ではない津波が竜巻と共に押し寄せる。

　大陸の未必の故意。噴煙の灰が降る流し台で美しい帆の影が爽やかな風を受け始めている。狂った方位ははっきりと床を転げている。蛇口をひねると、あなたの過去が波浪する。あなたは世界の全ての水と塩とを夢の中で混ぜ合わせている。魚は魚の形のままで熟睡。私ではな

次郎を目覚めさせ
次郎の屋根に
詩ふりつむ
三郎を目覚めさせ
三郎の屋根に
屋根ふりつむ
四郎を目覚めさせ
五郎の屋根に
六郎ふりつむ

さらなる太郎
さらなる次郎

OCEAN

　魚が、私たちの会話の途切れ目で美しく消えてゆく頃、夕暮れになる。少しの狂いもなく犬が吠えている。私は、指の皮を剝がしたまま、鍋の底の地理を組み直す。白い

い津波が竜巻と共に押し寄せる。

未明の蛇口をひねろうとすれば、あまりにも激しく何かが過ぎてゆく。芽生える海だ。複雑に目覚める水の底、単純な海草の影は一斉に揺らめくのを止めて私の髪となる。熱い血液の氾濫する魚たちは覚醒する。私ではない津波が竜巻と共に押し寄せる。

私の恋人は目を覚ます、私は海の誕生していく姿を話し出そうとし、口の中の海の傾きに気が付いた。太陽は、巨大な一篇を完全に書き終え、ことごとくそれを燃やし尽くし、堂々と空を昇ってゆく。太平洋がひどく重要な真昼の言葉を叫び始める。私ではない津波が竜巻と共に押し寄せる。

私は汗のような海を全身に流しながら、爽やかな風が歯の奥からさらなる奥へと吹き渡ってゆくのを噛み締める。青と青とが混じり合い、波と影との関係を邪魔し続ける。やがては海の全体が私たちの言葉と激しく向かい合い、午後四時の水平線を瞬間的に通り過ぎる。

日没、どちらともなく私たちは話し始める。その途切れ目で身を翻す魚の鱗は、ひどく精密である。その一枚一枚が、明日の波打ち際の宝石の奥で、長大な砂浜の論文の文字となり、瑠璃色を読もうとして失敗し続ける私ではない津波が竜巻と共に押し寄せる。夜更けの濡れた砂の穴で、蟹の影が茶碗のかけらを探している。泡をぶつぶつと吐き出し、それも影である。私ではない津波が竜巻と共に押し寄せる。

太陽が、爆発する一行を太平洋の頭脳で書き始める。私ではない津波が竜巻と共に押し寄せて打ち砕けて、巨大な星の朝へと、私である津波を立ち上げようとしている。太陽は既にことごとく燃えている。

フライング

さあ　踏み出してみたまえ　断崖からひらりと体をひるがえし　三半規管の奥を痺れさせたのかと思うと　きみはきみを投げ出さないのだろうか　後ろ向きに

きみは言い表すのに難しい重みを抱え　あたかも世界の密告を受けるかのように　空の果てで緑色の花を散らしながら　過激にきみはきみを投げ出さないのだろうか後ろ向きに

きみは少しずつ逆さまになってゆくはずだ　津波を永遠に押し黙らせることは出来ないものか　芽生えてゆく海の果てへと　爽やかな風がきみを少しずつ倒してゆく大陸は大陸に溶けてゆくのか

葛藤する　きみの体の奥の風は百年もの間　火星を吹き続けてきたのか　きみの部屋のなかで失われた鍵は百を超えてしまったのか　鳥を育てることに没頭するあまり　青空を増殖させてしまったのか　唇を噛み締め　きみの面影は　背中から空を堕ちてゆこうとしているところである　あり続ける　さあ　飛べ

青空の破損を抱き締め　落下してゆけ　このように命令が下る　消えてゆく大陸の平衡　誰が蜜を空に流したのか　空が空に溶けてゆく　偽物の海鳴りへと落ちてゆく海鳴り　断崖は　顔の無い鳥を言葉にしてゆく　きみはともかくも堕ちてゆけ　宇宙に花を浮かばせたまま

きみの想像は　海に投げ込まれてゆく　きみはようやく飛び込む　きみは飛び込まないのか　飛び込もうとしているところ　きみの想像の果て　きみの体は　ひらりとひるがえる

きみには　肉体が無いことを　気付いていたのに　思い出してゆく　本当のきみは急いでいる　きみはきみに風のような肉体を手渡さなければならない

白々しく酸素が転がり続ける　緑色の坂道を駆け上がると　きみが何度も想像の飛び込みをしている　断崖へとたどり着く

本当のきみは駆け上がっている　そればかりか　きみはもはや激情である　あるいは摩耗である　きみはきみに間に合うように　この坂道をついに駆け上がったところ

断崖では　緑色が飛び込んでいるばかり　菊の花は断崖で折れ曲がっている　きみは断崖から飛び込もうとしている　きみは大きく息を吸い込み　正に足の親指に力を込めたところ

きみは　ようやく飛び込む　きみは飛び込まない　きみは足の親指に力を込め　はっきりとたち迷う　きみはきみに間に合わなかったのだ　そればかりではない　このままでは　きみはきみに　追い抜かされてゆく　だから漫然と　きみはきみの後に　ようやく飛び込むしかない　しかし　きみは飛び込まない

実のところ　きみは　きみが恐ろしいのだ　恐ろしいのだ　飛び込み続けてきた　何億もの無人の痛みは世界を果てしのないものにしてきた　このようなきみの失敗だけが　むやみに飛び込む

誰かがまた断崖から飛び込んだ　誰かが飛び込みに成功したのだ　波の間でふり仰げば　断崖に新しい人影がある　黒々とした人型　すぐにひらりと体をひるがえす　誰かの背中だ　また飛び込むのだろう　後ろ向きに飛び込んでくる　瞬間　太平洋が消える

想像してみたまえ　その間　太平洋は猛烈に　想像の果てまで流れていった　そして　きみの新しい想像力が崖の先で　激しく青々と波浪し始めている　なんとかしたまえ

誰かがまた断崖から飛び込む　その誰かは　飛び込み

に成功する　ふり仰げば　断崖に新しい人影がある　それは　それでもなお　絶対に飛び込まない　きみの想像の肉体である　さあ　飛べ

タイフーン・ジェーン

恋人にふられてしまったのさ。

僕の寝室は風でいっぱい！

あの有名な彼女が僕の寝室にやって来ている！

ジェーン、タイフーン。

きみの名前は竜巻のように、野蛮にぐるぐると、

僕の心を回る名前であった、

僕はすぐにきみと恋に落ちた、

寝室に巨木が倒れこむ、何億本も、倒れこむ。

眠るために僕は軽めの精神安定剤を口に含み、がりりと噛み締めたい、もしくは大変な分量のメラトニンを一気に嚥下して、主治医に怒鳴られたい、もしくは、眠らない！　明るくて楽しくてウキウキして仕方が無いよ、ジェーン。きみの風のお喋りはね！

思考の空母。

刃のような巻き雲を、修羅場の空へと飛ばす、

なんていうか、そのような。

みたいなものを浮かべて、焦げた太平洋が絨毯

のうえで、踊りながら

広がってゆく。きみの透明な左手がたったいま僕の心に

沈没したところ！

「テレビジョンでは何億もの、かつての台風情報が情
熱的に続いている、部屋には電源が無いのです。」

ジェーン。きみはさ、僕の言葉を撃滅しながら保護し、
さらなる低気圧になろうとする！

　　　　きみは創造を滅ぼし、破壊を愛し続ける。
僕の右脳を世界中でぐるぐると渦巻かせても、いいよ。
お願いしたいぐらいさ、本当は！（詩を書きあげる
ことに失敗した僕を、たしなめるみたいにさ、その都度、
寝室で荒れ狂っているのさ！　おお、ジェーン、
タイフーン。どうして、そんなに渦を巻いているの？
ジェーン、タイフーン。きみはなぜ台風なの？

　　　　北西の太平洋の水の総量を教えて下さい！
蝶の影が、海を呑み込んだまま蝶に姿を変えてゆく。

　　　　晩夏の捕虫網は折れ曲
がったままであり、だからきみは骨折したことがない、
僕はどこまでも熟睡したことがない、僕らの寝室の夢に
は日が照っているばかり、きみは暴風被害のマドンナさ。

　　だけど、きみの心は、そよ風に
　　震える虹色の蝶の羽根だね（笑）。
　　どこまでも神秘的さ、ジェーン、
　　大好きさ。

「となりの家の白馬が、窓の無い馬小屋で、
未来の青空に、染まっているね。」

「裏の庭で燃える家系図の裏側は泥だらけだね。」

「ジェーン、きみの未来はたったいま、
セ氏二六六度の青空のもとで、
豪華な鳥かごをばらばらにしているね。」

　僕らは、膨張する宇宙で渦巻くように、もっと、愛し
　合おう、ね、ジェーン。

「ジェーン、眠れないんだ、自分の頬を殴ります、部
屋中に唾を吐きます、太ももに鉛筆を刺します、ののし
れ、自分を！「　きみを愛しています。　」

　少し退屈なので、窓から手を差し伸べて、

　沖縄のサトウキビ畑を荒らしている、ジェーン。

　　完全に折れ曲がっている水平線は
　　寝室で渦を巻いている最中！

グレッグ、ジンジャー、ギル、フランキー、デービッド、
タイフーン。たくさんの台風の目が僕を睨む、風当たり
は心にも体にも強いんだ。みんなジェーンのことを愛し
ているのか、どうなのか。

　ジェーンへの愛のためならさ！　僕
　はこの体を張って戦う、さあ！

　　寝室には燃える樹木を倒したまえ　、僕はず
ぶ濡れの子猿たちの歯を磨いていたのに　、九十九匹目
が　、いつまでもやって来なかったことがある　、その
時からずっと　、頭の中だけが　、風の拳で誰かに
　　　　　　　　　　　　　　、殴られています。

ジェーン、タイフーン。
覚えているかい、
波形の地平線
　が燃えながら、僕らのベッドに飛び込んできたのには、
驚いたね！

天井の暴風域が野蛮にぐるぐると回る。
　　　　　　　　　　　　　　　　　　巻き雲の形
をした巻き雲が既に、この世界から消えているのにも拘
わらず、巻き雲の動きがあまりにも早過ぎて消滅したこ
とを発見することは出来ないね。
　　　　　　　　　　　　　　　　　　　　　そして
あまりにも激しくジェーンのなかで何かが過ぎていった、
それは風です！

たちまち　ジェーンは風に紛れてしまった
ジェーン　きみは「　僕の前から姿を消すこと　そ
れだけがあたしに
出来ること」　なんて　言ってた　ね

　僕のどこがいけなかったのかなあ。
と思い悩んでしまっているよ、ジェーン。

　そよ風が、
ジェーンの噂話をしている。

ローリングストーン

僕は三歳なので　いまの僕に手を引かれ
図画板を持って原っぱへ行こう　どんどん行こう
僕らはまず互いに　おだやかで清新な　七色の線を描く
足元に確かな地平線
　　　　　　　　原野を駆け抜けてくる十六歳の僕
は火照った足の裏を　命の奥行きまで投げ出して寝転が
る　草原で脱げてしまった靴は見当たらないよ
荒野には　揺るがない言葉が生えているから　泥だらけ
の靴はあきらめてしまえよ　風を全身で受けてしまえよ
二十八歳の僕は画用紙に向日葵を描こうとしている　黄
色い絵の具を青空から盗もうと思うが　焦れば焦るほど

九歳の僕に笑われているから　何だか楽しくて仕方がない　稲妻が落ちたね　驚いたね　このままもっと荒野へ行け　荒野へ行け

四十二歳の僕は野のじゃがいもを食べることにしようじゃないか　茹で上げて突き崩して粉粉にしてシナモンの葉を砕いた後で　野いちごも食べてしまおうじゃないか　八十八歳の僕とのおしゃべりはとりとめもない　この草原はぺこぺこだね　四歳の僕は五歳になったばかりだもの

僕は三十歳なので荒野を駆けて十万日ほどになるだろう　体の傷は野ばらのものだということを初めて知った二十歳の僕は　どうしても痛くて眠れないし　鮮やかなばらのとげの意味が頭から離れない　花弁が愛しているのは僕の命のことだ　そのことに何よりも十歳の僕が気づく　僕たちの口笛の続く丘に飛び込んで　腕の傷を撫でながら　絶好調の気分だね　虹色の線を染め終わらないうちに　三歳の僕は靴を脱いで踊っている　鮮やかでしなやかで成熟した舞踏　この野原でいまの僕はさっきから裸足だ　僕は少年になろうとする　僕は父になろうとする　僕は兄になろうとする　僕は親友になろうとする

入道雲が岩のようになってごろごろと転がる　三歳の僕は　ライク　ア　ローリング　ストーン　いまの僕に囁く　二人の画布には泥と光と風　世界を塗り終えるまでに　ついにはもう　大地は描きあげられた　僕らの線の先は駆け抜ける　さらなる荒野を

（『誕生』二〇〇二年思潮社刊）

詩集〈地球頭脳詩篇〉から

ロックンロオル

草と草　虫と虫　泥と泥　それらの生まれる光と闇とで詩と死は言葉そのもの　太陽がごろごろと転がると　激しい音楽　緑色の火炎が山の野原を覆い尽くし　草は踊り狂うぞ

！

　春のエレキギタアは燃えようとする　芽を震わす薔薇の心　そこから虫が飛ぶ　まだ　飛ばない　空が踊る　イノシシが山そのものから生まれて　草だらけのロックンロオルだ

！

　高笑いする熊　狸の腹を叩きすぎる　馬の足の裏は笑うな　割れたコカコーラのビンを蹴っちまえ

！

空気のオオトバイと風のスポオツカアとが何億もあの丘で衝突する　何億もの無人の現場が緑色に燃え　誰もいない　爽やかな草いきれだ　ふざけるなロックンロオル

！

緑色の牛が意味を食い散らかしながら狂っている　合唱する緑色の鬼　山道は消えた　僕らに新しい歯が生えるモモンガアの牙になるぞ　騒々しいぞ

！

　虫の巣を蹴飛ばせば弾ける　木の頭脳　雲は刃物よりも尖れ　聞こえない声は転ぶな　流れない血よ山を越えろ　無言のエイトビイトは木星の輪に　なっちゃえよ

！

　桃色の兎は　春に追われて死ぬ　金色の虎は春に噛まれて死ぬ　詩に角の生えた赤白の鹿は真緑色に染まり死ぬ　そんな噂が何億も死の谷を飛び跳ねろ

！

　ふもとで光る春の詩になる　滅茶苦茶な命は若葉になる　その先が空を傷だらけにする　怒鳴りつつ

転がる緑色の雲　ああ　春山の静寂は何処にあるのか？

ハイヤ　ハイヤ

きみが一心に翻訳をやっていたら海が消えて
きみが爪を切っていたら梨の畑が街になって
戦車の通り過ぎた跡がきみの腿の傷になって
最後の夜行列車の運転手に手紙を書いて不明
ハイヤハイヤ
旅の支度なんか　挨拶なんか　いらないんだ
言い捨てて　きみがきみを　出発した不思議
自分という事実を脱出してしまったので大変
ハイヤハイヤ
疑問が靴を履く　踊り出す　僕も行こうかな
昼にハーレーダビッドソンになった夢を見た
三十六色の森林からは暴れ太鼓　まず捕える
きみが乗り捨てて野でいななく駿馬をハイヤ
ハイヤハイヤ

青空から落ちてくるものは　青空でしかない
道にあるものは　道でしかない　鷹は鷹だし
転がる岩はやはり岩だな　輝き狂うよ砂も砂
きみの足跡だけが　きみではない　僕は追う
ハイヤハイヤ
かじりかけのパンをナップサックに押し込め
行く先々できみの消息を知り　謎は泣き笑う
遥かな通りの先できみは待っていた　毅然と
きみは鳥　きみは麦　きみは太陽　きみは風

宇宙

僕は宇宙になってしまいそうな僕を我慢していたが
ついになってしまった
いっぱい僕が死んでいるのだ
星の数ほど　と思うと
溢れるほどに生まれている僕
その都度　次元が違うのか　もはや

爆発する　誕生する　また銀河が出来る

その河の始まりから終わりまでが
言葉の限界なのか　どうなのか
すぐに新しい河が始まりだす
なんだか話し切れない
宇宙はすっかりと興醒めだ

ここで哲学者なら家族のいない星人を
息子のように愛せるのだろうか
ここで体操選手は時間の無い太陽の光りを
浴びて宙返りができるのだろうか
ここでライト兄弟なら重さのない複葉機を
飛ばすことができるのだろうか

僕は無理だ　僕は我慢し通したままが良かった
本当は宇宙になんかなりたくなかった
こうなったら果てを摑んでやる　摑んだら
摑まれた　慌てて　手を開く

すっかりと　興醒めだ

質問者の悪夢

僕が出来ない質問というものは
さしずめ　海の全てよりも
もっと言葉に表しにくい
だが　きみにとってそれが
もしも　海を一瞬に把握できるものなら
僕は質問を続けたい
と思うがどうだろうか？

　僕は世界よりも大きな質問が出来ない

質問の出来ない人たちは立ちつくすしかない
あらゆる街角には覚悟だけがあり
騒がしい樹木となり
ほら　そよいだり　なびいたり

現在とは　いつも死後の世界なのである
　少したてばギリシャ語の演歌が流れてくる

きみの頭の中で
質問の出来ない人は笑いすぎている
いつまでも言葉が見つからないので
笑って飛ばす

質問の出来ない人は激怒している
震えながら真っ赤な顔で
脚の無い椅子を組み立ててしまっている
座れない

質問の出来ない人は哀しんでいる
この世界の涙の全てを
自分のものにして泣き続けている
　出来ない質問が
ジュゴンの牙を折ったりもする

あれは人魚ではないのです
海獣は質問に溺れて息も出来ない
そもそも牡蠣は言葉よりも海洋に沈んでいる
そのことを誰よりも良く知っているから
質問はしない

質問の出来ない人は楽だ
質問しなくていいからだ
にんじんを剝き続けていて良い
なぜ　剝いているのか

☆

質問の出来ない人はやがて
質問そのものになる
心の奥の扉には　開けっ放しの世界が
凪に晒されていて
そこでは凧が

糸の切れたまま
好きなところを飛び回る
絶対に質問を出さないこと
飛んでいるのは

凧ではなく蛸である

どうして飛べるのだろうか？
とは聞かないこと
飛べないだろう
タコだもの

☆

質問が出来ないのは　青々とした太平洋のせい
その奥底で悩む真紅の蟹　問題はだからますます難しい
海の中に母がいる　しかし
魚の中に風がある

質問が出来ないのは　黒々とした大陸の終わりのせい
その表面で笑う誤植の麒麟　問題はかなり最終的
泥の中に鷹がいる　しかし
山の奥に耳がある

質問が出来ないのは　美しい薔薇のせい
それを食べ尽くして飛ぶことを止めた鳥よ　問い掛けろ
薔薇の中に城があるが　アリスは迷っている
のかどうか？

聞いてはいけない
質問の出来ない人は地球儀を燃やしている
そこに残されるのは丸い覚悟
空の終わりから聞こえてくる
燃えない火の無音
何も聞こえないのに

　どうして宇宙からの質問が消えないのだろうか

消えないのだろうか
と聞いてはいけない
質問の出来る人は
質問にはなれない

悪い夢を見ている
始まりも終わりもなく生きて死ぬだけ
質問の出来ない人
質問になることができる

いまの瞬間
インパラが生まれた
それがどこなのかは
質問は出来ない

洗髪

うふふ
理容師さんに洗われてしまっている恐怖
世界の裏側は泡の海となってしまう
ふふ
飛行機の形をした雲が
その果てにポッカリと浮かんでいる
どこまで連れていけば気が済むの
一個の頭はこんなにも遠いのだ

痒いところはありませんか？
はい
それはここからそこ　ぜんぶです
頭蓋骨の全体です
その内側は
青空
想像中
なんだけど
ねえ

頭蓋骨に爪をたてて掻いてもらっている気持ち

になっていると
髪が四方八方に洗われてしまっている
ことに気づく
私は新しい言葉を思いつき
それをこの指の人に何万語も
一気に話しまくっている
のに
まだ分かってくれないのかね
痒いところ！
きちんと話すものが
見つからない
永遠でも見つけるか
そうなのだ

そうなのだ　もはや
私はあなたという理容師さんの
処刑人といった顔で残酷に
洗髪している
あなたの
仕事姿を想像している
より他ない
しゃべるな
身動きしたら
洗われる
一触
洗髪

ところで
この理容師
力が強すぎる
脳波まで
洗うつもりか

泡
遠い東の海の
小島
私はなぜだか泣いている
蟹が私を責めている

何も語らず
危害をもたらすわけでもないが
蟹は私をなじっている
波打ち際の泡はますます激しく
蟹はいよいよ激怒している
私は許しを乞うが
蟹は真っ赤になって
身を震わせて
私の気持ちを
横這いし
泡と消えた
私はいくらお願いしても
許されないのか
私は罪を白波よりも明白に
知らされ
蟹はやがて
脱皮する
私は腹這いし
波とも
泡とも
罪とも
たわむる

いよいよ洗髪
聞こえてくる
泡と泡とがぶつかり合う音
かゆいんです
いくつもの言葉の芯が
誤魔化されている
そこを
十本の指が駆け抜ける
痒いところはありませんか？

はい
それはここからそこ　ぜんぶです
頭蓋骨の全体
その内側は
青空

想像中である
泡は天才である
もっともっと
遠いところに行きたい
あがないたい

私の洗髪は
一抹である
はるか遠くの
私の頭
のなかは
泡のなか
泡たつ
泡

の

恐怖

ザ・カレーライス・センセーション

センセーショナルに　カレエを作ろうと思う　そ　それ
は僕の人生をどうするつもりなのですか　焦ってはいけ
ない　まずは鍋を探しなさい　しかし　宇宙の側から消
滅したので　これでは料理が出来ない　くたくたになっ
た雨が　時代の食卓に
辛味を降らした

ふざけるな　笑い続ける黄色い瀧が僕の目の前で渦巻く
僕は今だから言おうとする　いくつもの命をこれまで奪
ってきました　僕こそが鍋である　もう　どう仕様もな
いうちに　平和が終わる　僕らは生まれる前の戦火から

生まれたのだもの
　　　　　　　　早く　カレエを煮てしまえ
　　な　鍋は何処ですか　巨大な衝撃が近づいて来る

刃先は尖る　見たことのない海が丸々と　太って目の前
を転がる　思惟の底でジャガイモが洗われている　それ
を剝きたいのだけれど　刃先は鋭くなります　その先を
過激に移動

詩がジャガイモよりもいびつになって　水と混ざり合い
やがて　見たことのない沖が流し場の見えないところ嘗
めて　消えた　世界のいろんなところ　黄色く汚れてい
る　はしたないなあ　食欲が人の形をして　燃えている
もう　嫌だ料理
　ルウは渦を巻いて何もかもカレエにしてしまう　おい
ルウ　捨ててしまえ　ならば　どうやって
　　　　　　　　　　　　カレエを作るのか
そのようなことは簡単だ　まず　火にかけるのだ　黄
色い詩は　火の海で思惟と混ざり合って　それよりも
僕の頭は
　　　　　　　　　出来上がっている
見たことのない料理が繰りかえされている　しかし
どこか懐かしい　涙ぐましくなるほどの　心を震わす
音と匂いがする
そうである　僕という存在が
そもそも狂った料理なのであるのかもしれない
調理とは野蛮な夜明けです
な　鍋は何処ですか　巨大な衝撃が近づいて来る
そうこうしているうちにさ　空が裏面を焼き焦がし　海
が沸き立っている　見ず知らずのＵＦＯが僕のこと　ひ

っぱたいた　く　くたびれた突堤のうえ　え　絵本を燃やしたあとの一抹の　寂しさが

ガ　ガソリンをばら撒いて　夜更けの花火を見ている僕の頭の奥で頭が続いているから早朝なのに　既に夕暮れ僕の真ん中で　僕を支えている人は記憶喪失の鳥

何かが　料理という名において　滅茶苦茶にされているカレエを完成するために　これから調理し続けなければならない　世界　ぐるぐると掻き回されている世界の中心で　あなたは途方に暮れている　ああ季節は完全に罪深い肉食

こ　米が炊かれているその時　ふっくらとした意味の向こう側を食べてみたくなる　その瞬間に化学は完璧に壊れる　罪悪感は純白になって膨らむ　米は激怒する　何にも寄りかからずにヒンズウ河は流れていると　ところで　カレエは　海を飲み込んでしまい　激辛空を吐き出して超甘　そんな感覚だから　カレエを味わうことは出来ない　グラデーションになってせり上がってくる本当の意味　白々として笑うしかない白骨が喋ると黒いマリンスノー

む　難しいな　カレエ　だってまだ　鍋も見つからないのだもの　野菜はかなり長い時間をかけて栄養を狂わせることに成功する　過激なにんじんでも剝くか　ある人はかたつむりを笑わせたことがある　それが誰かは知らない

4時の部屋が燃えている　カレエはまだか　電信柱は笑いすぎている　鳥は空気になった　な　鍋は何処ですか巨大なものが

近づいて来る　だ　唾液のなかで　星団がゆっくりと溶けている　僕らはカレエのことについて説明しあぐねている　説明出来ない　意味のない詩が　宇宙の風になる詩も　死も　何億年も料理されたままだ　玉ねぎ　剝け

命はお腹を空かせながら　宇宙人の髪を短く切って　燃える玉ねぎを剥いている　危険だ　宇宙の穴になってしまう僕の耳から　玉ねぎの花の落ちる音がする　宇宙の傷が僕の膝にあるから　手当をする代わりに吹き荒れる月面の風　宇宙は僕らを軽く殴っている

ところで

夜が乱暴に海に口づけしたまま　静かに暗くなる　玉ねぎは日延べしたまま少しも　明日にならずに僕らの目の前の暦になることに失敗して剥かれてゆきます　玉ねぎは　刃物で鋭く削られながら　刃物の内側をぼろぼろに刻む

な　鍋は何処ですか　巨大な衝撃が近づいて来る

玉ねぎは　星をごろごろと転がしたまま　その先に輝く未来を認めたことがない　玉ねぎは　笑いながら　笑わないことが出来るので　急いで剥かれている　玉ねぎは光を放ち続ける　無尽蔵の情熱に冷たい言葉をかけながら　少しずつ

冷やされている昨日の太陽として剥かれてゆく

玉ねぎは無言の死だ　路傍の石は無言の玉ねぎだ　蹴れ無数を数えることなど　出来るものか　玉ねぎを剥きながら

笑顔をつき合わせ　無数を数えあきた　心は団欒

鹿の角が輝きすぎて声にならない宇宙で　馬が誠実に生まれて声をあげています　自分の拳を殴っているうちに静かに暮れ

てゆく夕暮れが宇宙にはある

果てはあるのか　玉ねぎを剥く　そこには何も無い玉ねぎだけがあるのか　鍋は何処ですか

巨大な感情が近づいて来る

なんという空腹
こ、この世界　センセーショナルなカレエなのです！！　腹がへった　鍋は何処ですか　　　　　　　　　　　　　　　　ここまで書いたら　巨大な衝撃が
近づいて来た　それを料理したい　とても卑怯に　衝撃
を食べずに
　　　　　　　　　　　　　　　衝撃を食べたまえ
　　　　　　　　　　　　　　　　　　ルウ
　　　　　　は無いが　カレエは出来た　出来ない

爆笑悶絶反転大龍

俺の一行に棲む龍は悶絶しているね
二行目を飛んでいるのは死んだこまどりだしね
新しい現実で反転し稲妻を吐き町を燃やし海を
荒らし空を分断し星を誕生させる詩が

書きたいのだけれど

詩が俺の中で暴れているね　俺は俺を抜け出したいのに
詩は　詩になって俺の目の前で
龍になり泣き笑う現実なのだった

詩の一行の中で暴れている龍　龍は龍を抜け出したい
詩は　龍になって俺の目の前で飛ぶ　火を吐く
ゴロゴロして甘える

驚天動地の現実に取り残される一行としての龍

あくびしながら　皺の世界で燃えあがる意味になる
俺は詩を書きあげたいのです　龍はある詩でさんざん
雲雀を食べ尽くしてきた

詩は転びながら稲妻を吐き
殺戮されている砂漠の町の人々を乗せて
怒り狂って目を剝きながら叫び　誰がこまどり殺したの

詩はいつまでも姿を告白しない　一行は反転しながら
世界に鱗を生やし
龍の長い影が通過したと思ったら

騙されるなよ　詩に　詩は詩を
一行は一行を書き尽くすことが出来ない
詩は　詩を忌避するばかり
この詩にもどうやら舌を噛んだ龍が棲んでいるな

シワシワになる紙の太平洋　詩はここで
どんな大陸になるつもりなのか　知りません　稲妻
天の高さと空の遠さから　雨が降りますね　止みますね

降雨　止雨　かつてこの詩の上で戦いがありました
雷雲に乗った龍　雷光と共に西へ進み
凄まじい風が吹いたからこの詩の海は勝利したのです

山がまだ燃えあがっている　そこで踊る

龍の尾を見ていると　俺の蒙古斑がやっと消えました
その時に　龍は目くじらをたてて脱皮したので
俺は白目をむいてふざけました

稲妻は誰の味方もしていません　龍はよく笑う
長い肉体で笑いすぎだ　顔も腹もシッポもケイレン
そのまま　俺を追い回すから俺も笑い転げる
よく知らないところで　世界は震えています

ここでこの詩を終えようとしましたが
龍はまだ悶絶しながら笑っているから　方法が無い
さらに　新しい龍が火を吐くので　俺は舌を火傷した

稲妻よ　そのまま　言葉を運びなさいね　たったいま
龍こそは　燃えるキリンを追い続けて転びました
どこまでも移動する牙が　噛み砕く世界の反語

詩もひげを振り回しています
風がいたずらに吹くのを止めてしまいました

書かれなかった詩が自転車に乗って角を曲がって逃げた
世界の破約を　詩は噛み砕く
卵を使用しないビスケットも

行ったことのない場所で笑い続けている
どうしようもない大蛇のような詩行
シッポ　踏み続けていると　夜になる

雲を食べ過ぎた黄金色の蛇が
森の黄緑色の　角を曲がる
その瞬間　朝が舌を噛んだ

地球の裏側はよく見えない
龍の考えていることと　その先もね
そこに何億もの詩の鱗が降りまくる
読むことの出来ない詩を　雨になるから想像せよ

その黒い雨空の下で笑う白い紙の上は赤い

こちらの空は　ながあい飛行機雲
空は詩を読みすぎて　稲妻を折り曲げたばかり
骨折するのは考えない葦

龍の歯は鋭く尖っていて
その先に消えてしまった詩があるから
詩は飛びすぎたので空を叱りつけながら
記憶を長いシッポに変えていったので

歴史には長いひげが出来て
それが逃げ続ける濡れた鹿を追い詰める
龍は詩を飲み込んで火だるまのような心
龍は舌を巻く

心を撒き散らかしている風
龍に蹴られた　ウグイスと雨とは
互いに関係がない

龍は静かに　身体を輝かせながら

世界の深い一行になろうとしている
その時に龍は目くじらをたてて脱皮したので
俺は白目をむいてふざけました

愛憎の炎の一行を書いてしまいました
俺も　龍も　詩も　舌を噛み　絶望

龍は目くじらをたてて脱皮するので
俺は白目をむいて脱皮しました
稲妻は誰の味方もしていない
ただ稲妻であろうとするだけ

一行という制約から抜け出したい本物の龍　さらに
どうしても　一行になってしまう空恐ろしい一行よ
ここで舌を噛む

誰がこまどり殺したの　やっぱり舌を噛んでいる
この詩はここで終わろうとしているが

驚天動地の現実に取り残される一行としての龍
龍は一行目で爆笑し悶絶し反転する
二行目　死んだこまどりは　もっと死ぬ

咆哮

！　情熱の虎になりたいので
　　俺は虎になり吠えている
　　　俺は俺に食われてしまう
　　血だらけの山道をジャンプする
　　　　虎になりてえ
木！　土！　風！　鳥！　石！
　　ものみな血を飛ばし　血しぶく
血と地のうえ
　虎は風を飲み込む
　　どこかで血が流れているぞ
　　　　瀧だ

俺の口の回りは俺の血だ
俺の口の回りは俺の血だ

　意味は殺戮されている
血は立ったまま詩になる
　　俺を食え虎
　牙を動かすと血しぶく
　口の回りは俺の詩だ
　　俺に食われる俺

血は詩になる
　山は山を食い
　　雲は言葉を消す
　遠くで金星は
　緑色に移動
　折れた木は食べられてしまった
　　俺の骨なのさ

魂に赤い地球を与えよ

あざ笑うしげみで　何も考えずに生えている草の葉
生えている草の根　生きている

その先で続いている　続いている　意味は
殺戮されている　血は立ったまま山になる

山は空を食い
　血が降ってくる
　　飛行機は哲学的に語られないまま　空を飛べ

蝶は美しい　空の歯牙になって　尖れ　何億もの鹿が
駆けてきた　青空は血を吹き
石が形になって転がると水の無い雨だ　花が息を吐き
虹色に怒り狂いながら　山脈の
答になれ

　一本の樹木が立ち尽くすのは無数の傷が癒えた

からである　意味は殺戮され
ている　山は立ったまま海になる　食え　牙を動かすと
血しぶく　口の回りは俺の血だ
俺は虎になり吠えているが　口の回りは俺の詩だ
山道で赤い砂煙が舞っていた
一本の樹木が立っていたが　ある枝は
きしりと折れたばかり
血は立ったまま
森林
詩は兎に乗っている
詩は狸の腹を叩いている
詩はフクロウの巣を壊している
血は虎の口の回りからしたたる　血と地のうえ
虎は雲を飲み込む　どこか

で血が流れているぞ　瀧だ
赤いじゃがいもと山を割り
思い切ってジャンプする虎は血
だらけの空で回転して詩は死んで生き返る　駆けろ
山道は赤い砂煙
もくもくとした
意味の中でジャンプする宇宙がある　それは思想では
ない
俺に食われた
俺の目は厳密に山道を曲がって
いった　どこまでも続く道
、血みどろの虎の頭の後ろで　道に迷え
鮮やかに笑う山道の
水溜りとは　この宇宙のなかで　食われてしまった俺の
心のことである
、
食われてしまった虎になり吠えている俺

口の回りは俺の血だ
　　　　　　　　　　　　　　　　　　　思い切り
ジャンプした虎は　血だらけの空で回転し詩は死んで生
き返り　走る山道で
　　　　！　　　　　ジャンプする世界が
ゴムマリとなっているだけだ　ああ　弾んでいた　弾ん
でいた　山道で
　　　　！　　　　　ジャンプする太平洋が
雨になり一時的に空を垂れ流しただけだ　それが　冷た
かった　冷たかった　山道で
　　　　！　　　　　ジャンプする詩が
弾まないまま　彼方で愛を語るだけだ　それが真っ赤だ

った　いや　黄色だった　山道で
　　　　！　　　　　ジャンプする砂漠が
満月となり輝かないだけだ　ああ
眩しかった　眩しかった　山道で
ジャンプする虎
頭がもはや谷
岩肌がもはや光
瀧がごうごうと吠えている
ばらばらに噛み砕かれる無風の叫び
俺は虎になり吠えているが

俺の口の回りは俺の血だ
俺を食う
牙を動かすと血しぶく
口の回りは俺の血
俺に食われる俺
牙をむき出し吠えている
俺の牙は山
俺を食べ尽くし
虎は咆哮する
俺は跡形もなくなり
激しくおし黙り
虎になる

熟睡

眠ろうとするのだけれど
こんなに後ろめたいことはないんだな
起きている人が居るんだ　頭ん中に
相当の昼間を生きていて　興奮してて
とてもじゃないが　はっきりと
覚醒している人がいる限りは無理だな
まぶたを閉じる　僕は凄く眠たいから　いや
もう眠っているのかもしれないな
時間も歴史も愛も戦争も
熟睡しているのかも　蝶も夢を見ているのかも

だけれど　世界の裏側は真昼だから
僕に眠れということは相当に難しい
口論したり愛し合ったり
頭蓋骨は騒がしいんだ

たったいま　夜が静かに飛び起きた　僕が悪いのだ
せかすように　じらすように揺り起こしたからなんだ
宇宙はたったいま　自分を寝かしつけることに
真剣に没頭している
僕も眠りたい　目覚めたい
この地球という脳梁のどこか

日がさしてきただろう
朝が走り込んできたのさ　反対に
床に入り　ゆっくりと眼を閉じて眠ろうとする僕なんだ
重たい瞼の　はるかなところから　明るくなってきた
僕は一人の地球だ

葉書

きみに葉書を書いているのだけれど
書きたいことよりも落涙が激しいから
馬鹿馬鹿しくなって止めにしようと思っています
何行かは書いてみたのだけれど

ここまで書いてみたのにも訳があるのだ
僕が書き記さなければきみは何も考えないからだ
もう書き続けるのが嫌でたまらないのだけれど
世界が広がり続けるから
葉書の大きさもとてつもない

この葉書には裏が無い
だからこの一枚を書きあげたとしても
きみへのあて先も書けない
どうやってきみに届けようか
きみの住所も名前も良く知っているのに

この世界の全てが一枚の葉書なんだということを
それはきみから教えてもらったんだけれど
きみは青空になって僕の書きかけの文字を過ぎる
葉書のうえで転がる愛も岩も　激しくなるばかり

（『地球頭脳詩篇』二〇〇五年思潮社刊）

詩集〈黄金少年　ゴールデン・ボーイ〉から

黄河が来た

来た　黄河が来た
天井や床下や手のひらに来た
驚くほどの水が流れて来た　生命が
大空と大海とを　またぎ越して来た
こうなると茶の間に
僕は寝ころぶしかない
このままでは当然ながら我が家は洪水
どうしたら良いものか
黄色い土と砂を噛むしかない

今日の夕食はチキンカレー　この時も
河が流れていることを忘れない
きみにも僕にも無限や
有限や　愛や　怒りや

三角州があり　水面は
黄色い永遠を運んで来る

僕らの子どもは
黄色い運命
可愛らしいこの頬
妻の心臓を流れる大河に
かつて僕は祈った
生まれてこい　強く
優しく　派手に

本日の黄河も絶好調だ
三人家族で漂流する幸福が来た
皮膚が変わる午後が来た
また生まれる角質が来た
お父さん　来た
お母さん　来た
来た
ぼくの足の裏にも
黄色が来た

ゴールデンファミリー

金色になり過ぎてマスオは死んだ
タラちゃんは泣き真似したままブランコに乗り放題だ
ワカメちゃんは買い物に出かけたまま

スポーツカーはどこかの谷間で捻挫した
入道雲に湿布を施した
太陽は落第したまま卒業だ

こんな日の過ごし方は
どうすれば良いものか検討もつかぬ
ただ少し
頬杖ついて往来を見ると
いつもの風景が双子を一人ぼっちにしています
転がり遊ぶ

鞠そのものだけが新しければ良いのです

金塊かカツオかが
深爪か反逆
鎖国は　日本に乗っ取られてしまったから
ヤママユガは消えた　また朝だ
難しい複雑な午後
金塊かカツオかが
謹慎処分　一週間と五分
反省文は
どんどんと鉄になる

頭脳から立ち去らない茶の間がある
鳥は飛ばない　鹿の角は輝かない
樹々の細かな枝は少しも揺れない
沈静したままで
金色になっているだけなのです

あまりの空気の清々しさに敗北してしまう

この茶の間に金属の
家族が棲んでいるので
私たちは名前を忘れている
この家庭から与えられたのに
私たちは愛を

ゴールデンに輝く
フネに甘えようとすると途端に
茶の間が私たちを追いかけてくる
あろうことか私は　ただなかへと逃亡する
茶の間の奥も茶の間

金色の結末
震えるしかない
あなたの頭で輝き続ける黄金の産道
だけが確かだ
ああ　そうだった
私たちはまだ産まれていない

長髪の
波平
が
誕生している
産まれたばかりだ
もはや若い
新聞はまだ読めない
社説欄を三十年間も
スクラップへと切り貼りをしている

おいお茶
お台所で
煮えている
重油か軽油か

プラネタリウムの最後

お　溺れる夜空が耽溺する星空の下で

暮らす街の家々は　明かりが点けられないまま　誰もいません　ぼ　僕はやっぱり息継ぎが出来ないのです

深夜のプラネタリウムでは鷹が宙返り
するので僕は息継ぎが出来ないのです

　　　　　　僕は夜の空に黒をばらまくようにして　頭の中を見つめています　美しい剝奪星の空は嘘だらけである　黒々とした非難　ぼ　僕は息継ぎが出来ないのです

　　　　　　時間は腕時計を爆発させたまま激しい向こう側を覗いています　石垣島が石垣島になっています　僕は息継ぎが出来ないのです　さらに夜空の夜は終わらないのであります

深夜のプラネタリウムでは鷹が宙返り
するので僕は息継ぎが出来ないのです

鷹が宙返りする　　危険が危ない　断崖が　　飛び
込んでくる　白地図が　何億枚も燃やされると　滅ぶの
はあの星の僕の頭髪なのかもしれない
鷹よ鷹　宙返りしたまま深夜のプラネタリウムのどこか
直立しているのは縄文式土器
炎と一緒に死ねるのか古代
隣家のプードルは
突如の崖を
飛び越え　浴室で絵の具を噛み殺すのです
ところで世界中の台所の
ストロベリイケエキは
僕以上に僕である　危険が
危ない　花柄の花の奥で摩周湖が溺死する
鷹よ鷹
鷹は鷹
よりも鷹であるのか

星は星
よりも星であるのか
たったいま　危険が危ない
深夜のプラネタリウムでは鷹が宙返り
するので僕は息継ぎが出来ないのです
燃えたまま宇宙を
飛び跳ねている
緑色の地球が　シュートされて決勝点と
なったので
敗北したまま
鷹よ鷹　ぼ　僕はやっぱり息継ぎが出来ないの
です
鷹は星に無意味を輝かせたまま　鷹よ鷹
僕は空に　幾つもの崖があることを
知った

鷹が豪雨になって
すぐに止んだ　深夜のプラネタ
リウムでは鷹が四回転するので
危険が危ない
世界は目盛り
を失ったまま
牡蠣より深く物思いに沈んでいる
深夜のプラネタリウム
誰もいない阿寒湖が　波立つ　ああ
安全が危なくない
鷹よワシ　ウグイスよスズメ　僕の心で
巨大な山脈がトゲとなり
雲は真っ黒に　血を流す
電信柱が歩いています　街が踊ります
複雑な交差点がプラネタリウムに歩いてきました
いつまでも信号の色は赤のまま
夜は

息継ぎが出来ない
のです　燃え続けている柱時計
を鷲掴みにしたまま　大海を越えていく紛れもない鷹の
足がある　地中海の無人の舟で
僕の手のひらが革命を起こす
燃えながら歩いてくる電信柱
季節の傷口に甘い蜜を塗れ
午前二時のプラネタリウム
の不明なる番人の目頭に
黄緑色の絵の具を塗れ
鷹よ　危険は鳥目
鷹よ鷹
また新しい崖が空に転がってきた
狩るべきものは
夜空の出鱈目
鷹よ鷹

宙返りすると
星は消える
途端に
プラネタリウムがもっと夜になる
鷹よ鷹
宙返りすると
おまえは生まれる
刹那に海から鯨が跳ねる
危険が危ない

鷹よ鷹　宙返りすると
空は消失

何も無い　何も無い
電気も無い

深夜のプラネタリウムでは鷹が宙返り
するので僕は息継ぎが出来ないのです

皆無の星
絶無の空

夜の鷹がもっと夜になる
僕は真っ黒い無人である

深夜のプラネタリウムでは
無言が宙返りする

闇は
無意味

ぼ某月某日

さささささささささささ皿をををををををををを
つつつつつつつつつつつつつつつつつつつつつく
たた太平洋が氾濫を止めないのだだ私の頭に半月と満月

とが浮かびのののしり合うとさサヨリの群れが来るので
まだ来ないのか四月つつつつつつつつつつつつつつそ
そそそそそそそそそして燃える日野川がカ髪の間を流
れるル私の胸ん中に伊勢湾と忌まわしいコウナゴが飛び
込んで来るハ反語もさらにト飛び込んで来るユ許したま
ええホタルイカカカカカカカカカカカカカカカカカカ
しししししししシ食卓に多摩川がやって来たたクジラ
とハラココがやって来るル食卓に北上川がやって来たら
マダコがやって来たア後は洪水だだ醤油のビンを倒すし
かないいいいいいいいいいいいいいいいいいいいいい
さ　杯にアンコウの影
　　　　　鉛筆にサンマの霊
　　　　　　　　　旅客機にニジ
マスの髪
　　狼の頭脳にハマチの舌たたたたたたたたたた

　　　　　　　　　　記憶にメバルの記憶　が
泳いで　跳ねている
　　　　　　　　　　　跳躍する電信柱
　　　　鮮血のような夕焼けが赤々と真実に沈
んでゆく
　　悠々とカスピ海が横切ったりする
　　　　　　　　　　　　マコガレイよ
ほら　落花生が口を開く時間に　黄金のクレーンが
　　　　　　　　　　　　　　　銀紙
　　を運び続けているから
　　　　　　　　　　黄河に誤訳されるのだ
　　　　　いただきますキキキキキキキキキキキ
キキキキキキキキキキキキキキキキキキキキキキキキキ
キキキキキキキキキキキキキキキキビナゴよ　ひょおと
燃える矢が飛び込んでくる　凍った虫が
　　　　　　　　　　　飛び込んでくる
窓を閉めると　正常な蛾は窓を

持っていく　だからきみ
の精神はいまでも娼婦なのだ
タラバガニよ
きみに口づけす
れば　世界中の錆びた蝶番が華麗に
外れて　おれたちの
神経を開けっ放しにする　おまえ
と私の背中に反乱する
スエズ運河
虹と虻とが飛び込んでくる
嗚呼
食欲の大河だ
生きるとは新しい肝臓だ
後悔に金魚がや
ってくる
成すべきこととは何か　イ胃袋が電柱に詰問す
る夕食
お椀の底で消えるトビウオをどうすれば良いのか

枯らそ
燃えあがる官製ハガキを読まずに内側の日本海を
うとしししししししししししししし
灼熱の国原から
足を磨り減らして紫色の食用犬が駆
や
け寄ると
ヤドカリが家出
横断歩道と陸橋を無数の軍手が
行進しているので
シャコと　マサバと　カタクチイワシ
と
コノシロをいただきます
わわわ
私の静脈とは間違った四万十
川であった
心の中で樹氷と地球とが倒れ
燃えあがるスジ
コをどうすれば良いのか
押し黙ったままままままま

目をつむって歩いてくるハマグリ　地獄谷から
世界の果てを考えあぐねている
いただきます
私は足首をぶつりと切る　私の首も
私の体
をきれいに箸で裂いて
私の背骨を取り出してみると
アン
デス山脈が爆発するのが分かる
小骨を拾うと仙石原のス
スキが大移動している
私の骨の間の身をせせると
南極の
氷山が崩れ出して塊が氷海へとなだれ込む
私の目玉の周
りの肉をつつき出すと
サボテンばかりの平原でペダル

のない自転車が横転中
目玉だけ取り出す
覗いてみると
整然と降る
アムステルダムの霧雨
私を捨てるしかない
た
くさんの私に眩暈するしかあるまい
ハタハタの卵
プレヤ
デス星団に稲妻
私は私を噛みしめる
さらに目を見詰める
出
来上がったばかりの星の浜辺に新しい波
ママママママママママママママママダイ
マママママママママママママママママママアジ

フフフフフフフフフフフフフフフフフググググググググ
カツオ
ウウウウニ
シシシシシシャコ
サササササササササザエ
ワワワワワワワワワワワワカサギ
ニニニニニニニニニニニニニニニニシン
すすすすすすすすすすすすすすすすすすスズキ
ドドドドドドドドどどどどドドドドドドドドドドジョウ
カマス
アアアアユ
トトトトトトコブシ
ククククククククククジラ
はははははははははははハモ
いいいいいいいいいいいいいい岩牡蠣
　　　　　　　　　　　　　　　　　魚介類の私はここ
ここここここここここここここうして食べ尽くされる
さささささささささささ皿をををををををををををを
つつつつつつつつつつつつつつつつつつつつつつつつく

大問一　次の詩を読んで次の問いに答えなさい

その水平線は私たちから全ての絶望を奪うだろう
成る程　おまえはこう尋ねたいのですね
水平線は何処だと
ならば過激な瞬間をたたえながら
そこで華麗に死にたまえ
現在は見事に切断されているのだ
おまえは水平線を見たことがないのです
いや　私たちの誰も　そうしたことがない
なぜなら　存在しないのだ
そのようなものなど　ならばこそ
狂おしい一直線を思い浮かべながら
手のひらに　人　人　人と書いてみたまえ
それよりもはるかに水平なる意味は
手の中でねじれない現在となり
過ぎているじゃないか
ヒョウ柄の帆を張った

二艘の無人のヨットが
見え隠れするだけだ
現在を裏返せば　新品の檸檬が手の甲を黄金色にする
私は怒りをこめて中指を愛する
唾液の雨が降りしきる波打ち際
角のない一角獣の決闘が繰り返されたから
私たちは手のひらに　人　人　人と
たとえば書き続ける

水たまりにも人　あるいは新宿にも人
あるいは指宿の電車の運転室にも人
大阪の福島の虹の中にも人
感情線は曲がりすぎ　環状線は回りすぎだった
あらゆる日常を思惟の一条となって進む
楽しい衝撃の結末に横たわる
水平線を眺めて　軽々とした平行線を抱えて
私たちは議論を重ねた　肺臓を行き来する
静かな点線や波線や二重線をどうすればいいのか
おまえとささやきあい

薔薇の花びらが一片　床に落ちた瞬間に
世界から世界を奪うことを許されたから
おまえの眼差しに　一線の空と海との間が転ぶ
そして手のひらに書く　人　人　人よ
あれがこちらを振り向いた安多多羅山の幻
あの光るのが　生命線

問一　傍線部①の水平線は何をたとえていますか。思うところを述べなくて良い。

問二　傍線部②「私たちから全ての絶望を奪う」について、どうして絶望は奪われるのでしょうか。

ア　生と死の境目において絶望もまた死ぬから、あるいは詩人が、筆の勢いで書いただけだから。

イ　生と死の境目において絶望もまた死なないから、または詩人が筆の勢いで書いただけだから。

ウ　生と生の境目において絶望もまた死なないから、または詩人が筆の勢いで書いただけだから。

エ　死と死の境目において絶望もまた死ぬから、あるいは詩人が、筆の勢いで書いただけだから。

問三　傍線部③「現在は見事に切断されている」とあるが、五十字以内で六十字を書きなさい。

問四「人　人　人」と手のひらに書きなさい。それを睨みなさい、罵倒しなさい、愛しなさい。

問五　どうして本文に傍線部が無いのか、はっきり説明しなさい。

問六　傍線部④「それ」とは、何を指していますか。あてはまるものを選びなさい。

Ⅰ牡蠣グラタン　Ⅱ鯨の舌　Ⅲパイタンスープ
Ⅳ娼婦風パスタ　Ⅴトムヤンクン

問七　傍線部⑤「ねじれない現在」で思い浮かぶ事柄を、自分の体験をふまえて簡潔に五億字程度で述べなさい（句読点は一字と数える）。

問八　生きて今ここに在ることに感謝しなさい。

問九　次の詩句（1から9）を本文のどこに入れると良いですか。その直前の五文字を、全て書きなさい（完全　正答）。

1「私の心を切り分ける
鋭い水平線よ」

2「逃げるな
逃げれば
追いかけてくる生命線よ」

3「麒麟の上の生涯にも
傍線が追いかけてくる
折れ曲がるスプーンを

どのようにすればいいのか
あらゆる海が怒濤している」

4「水平線　これら青く燃ゆる禁止線」

5「未来の写真屋の暗室で燃やされる
何億枚の写真に映じられている
たった一本の水平線をなんとかせよ」

6「記憶の中の水平線はささくれだっている」

7「私の曾祖父が水平線に稲妻を走らせている」

8「私の孫は超能力者だが子午線を曲げている」

問　次の文を読むのを、止めなさい。

　詩は「見えないものを見る」行為です。そして想像の楽しさを、夢を手渡すものでもあります。日常を題材にしながら、そこから「見えないもの」が見えてきた時に、想像は始まります。見えるものを通して、「見えないもの」をイメージする時に、色々な〈　　〉を私たちは持つことになります。〈　　〉を増やそうとするか、しないかはその人にゆだねられますが、詩を書くときにはたくさんあるほうが楽しいです。

　たくさんの作品を拝見し、豊かな世界に触れさせていただくと、自分も詩を書いてみたくなります。もし書こうと思ったのなら、まずは今という現実を見つめるまなざしが必要です。日ごろから詩を書く気持ちを持って、友達や青空や日々の暮らしを眺めてみて下さい。必ず、その先が始まります。

　説明をしてしまわないことも、詩にとっては大切なことです。想像は自由だからこそ楽しいものです。詩を書く時にまず、読んでくれる誰かにその楽しさをプレゼントしようと思ってみたらどうでしょうか。そうすると自然に新しい〈　　〉が、増えていきます。

　詩とは何か。詩を読む人はいつも詩を書く誰かに、「詩とは何か」を考え続ける心を求めています。そのような大きなものと向き合う姿勢が、紛れもない時間の鏡をあなたに与えてくれるのです。茨城県の大洗の砂浜で赤い肌を焼きながら金色の虎になることと、あまり似ていません。

問1　次の語句の意味を、そらぞらしく答えなさい。
①「行為」②「青空」③「次の語句の意味」
問3　想像の自由を、ほら、不自由にしなさい、ホラホラ。
問4　問2はどこに在りますか。
問5　空欄に「水平線」という言葉をあてはめなさい。貴様は間違っている。

砂浜

記憶を失った消防士が
印鑑証明書を破り捨てて波打ち際で
家族に手紙を書いている

午後になれば波だけは高くなる

父と母に宛てる　丁寧に文字をつづっているのだが
記憶が途切れている「いまはご健在ですか」
何処へお住まいですか？

次に妻へと　しだいに文字の使い方も不分明
必死になって愛の言葉を探してみる
「言葉」が分からない
「愛」だけが残る

子どもたちへと　もはや何も書けない
くしゃくしゃになった便せんに話しかけ
抱きしめて　この世に生まれた時の喜びを
思い出そうと努力する

しかしこの記憶も定かではない　俺　誰だったか

祖父と祖母へと　手紙を書きたい

しかしこの時に鮮明に
正解のようなものが過ぎった
俺は誰かの祖父だ　あるいは祖母だったのかも
季節と時刻が頭の後ろで不可解に
真黒い煙をあげてみせるから

さらに便箋をめくると白紙

この青年の記憶にはホチキスの跡だけが残っている
とても遠い浜辺で　一台の大型車が横倒れに
なっていた　炎が車のあちこちから
吹き出して　業火が包みだしたが
誰もいない
なまなかではない港町の終わりの
火の見やぐらで
独り
吊り鐘を打ち鳴らして
叫んでいるこの男「嗚呼」
消防車が燃えている

全然！

頬　四川大地震に

眠る子のほっぺたを
こっそりとなぞってみた
きみの通わない小学校の
下敷きになって
たくさんの頬が消えてしまった
こんなことってあるのか
比喩が死んでしまった
無数の父はそれでも

暗喩を生き抜くしかないのか
厳しい頬で歩き出して

（『黄金少年　ゴールデン・ボーイ』二〇〇九年思潮社刊）

散文

ポエジィを介してのコミュニケーションとは、まさしく互いのそれぞれの忌むべき既成の影のようなものの呪縛からの脱出の試みであると断言したい。そして、互いの新しい相互関係において生起する未知なる生体としての未完のポエジィ（それをプレテクストとはっきりと区別し、むしろ「ＡＦＴＥＲ」などと呼称したいのだが）を育てること。これは現在の私たちの死後においての未来人たちが新しい関係性を築くための手立てを、詩作の向こう側に見据えさせてくれるものである。

（『ＡＦＴＥＲ』一九九八年思潮社刊）

アクション・ポエジィ

詩には、いわば書かれた詩そのものがもたらす出来事以外の欲望は、存在しない。それを行為に変えてゆくとするならばどうすれば良いのか。それは、詩の内側と外側とに区別されるべき問題であり、それぞれ別の神経で思いを巡らさなければならない。これがひとまず、詩とパフォーマンスの両輪を続けてきた私が、常にはっきりとさせてきた点である。

内と外。しかしこれを、別個のものとして考えるのではない。互いが絡み合い螺旋状の運動体をなして力動していくこと。パフォーマンスの時間の中で、詩の外側における内なる形成を見ることができると良い。それは全く別個の手管を要するし、詩を書く技術とは直接的には何の関連もないものである。

私は学生時代は仲間うちの劇団で役者をし、就職後は劇作と演出をし続けてきた。これは一般的には「高校演劇」という範疇に属する。続けて二十年になる。朗読パフォーマンスの形態は様々だが、そのどれについても、自分にとっての「演劇」とは、決定的な差異性のあるものと意識して区別し続けてきたつもりである。しかし現在、それは見えなくなりつつあるような心地もしているので、不思議である。

本稿は、半ば体験論のようなものになってしまうことをお断りしておきたい。だが、ここに掲げている「アクション・ポエジィ」の概念を説明することに、それがなればと考えている。

私は十年前、野村喜和夫・城戸朱理が企画し天王洲アイルで約二ヶ月にわたり開催された、動員のべ二千人を巻き込んだとされる朗読イベント「詩の外出」（一九九五年）に出演したその後に、朗読論をまとめてみた。その後、発表の機会を逃してしまったものでもある。冒頭部分を引く。

「言葉にはふたつの機能がある。ひとつは情報を与えること、もうひとつはある雰囲気を作ること」（フォースター）。「情報」にのみ追従しがちな我々の現実を嘆き、「ある雰囲気」の機能を再認識するために、「情報」と「ある雰囲気」との無限の組み合わせの可能性を知らしめるために、表現者は「ある雰囲気」の機能の場へと積極的な招待をするべきである。

積極的な招待とは何か？　特定の場で、具体的なある詩にまつわる行為（アクション）を作為的に行うことだ。そして、招き入れ、詩によって不特定多数の受け手に対していた自分を、ある特定の受け手へとさらけ出し、ある種の確かな手触りをこちら側が得ることだ。このことで、「ある雰囲気」の機能の側面は、無限の信号の取引を対面的にもたらすことになる。その感覚こそを次の創作への、具体的な力としていきたい。

本稿のタイトル、「アクション・ポエジィ」とは、造語に近いところで名付けた自分にとってのキーワードであるが、ここに記した十何年前の文章が始まりである。「アクション」とは、「何らかのアクションを起こし、詩の現場に様々な人を巻き込んでいくこと」であり、「ポエジィ」とは「詩にまつわる行為への欲望そのものを自分の詩の生命力とすること」と未発表拙稿の、別のところで宣言している。二つに重なり合う運動体のようなものを述べ、自分の不定形の欲望をあくまで簡潔に語りたいと思ったのだ。そして朗読パフォーマンスはこの一つである、としているがこれも意識としては変わりは無い。

これを作為的に語り、詩の外というものをはっきりと意識する、という意図が常に自分の念頭にあった。詩の内とは、書かれたもの以外に何ら欲望を付帯しているものではないという事実を強く理解すべきであり、しかしその内があって初めて外になるという両義がここに無ければ、文学というものの抱える本性は失われた時間に追随するだけのものとなる、という感触をここまでの時点の公演を通して得ていたことに起因する。

朗読パフォーマンスの際には、発表・未発表を問わず、文字あるいは活字として外気に触れたという経験や意志が存在していなければ内側を付帯することにはならない。必ず詩作品へと還元されなければ、「アクション・ポエジィ」の動線は全く約束されないということになる。還元への動態はこの場合、消えてしまうことになる。

平田オリザは、『演劇入門』（講談社現代新書）において、「現実世界の日常生活は、現実世界だから無前提にリアルなわけではない。私たちは、さまざまな行為を通じて、世界をリアルに捉え直し続けているのだ。だが演劇においては、その運動の方向性が限定され、「観る - 観られる」という関係が固定される。ここに現実世界と、演劇世界のリアルに差異が生ずる原因がある」と語る。この約束された図式なくしては、演劇における、表現者と鑑賞者にとっての特殊な対話行為そのものがとり行われないことを述べている。

それを平田は別のところで「内的対話」と呼ぶ。ここにあるのは、双方の感性の摺り合わせから生ずる仮想の共同体だけに通ずる共通の対話であり、「観る - 観られる」という一方向の交通が前提でなければ通用しない、緊張を孕んだ時間の、比喩によるものの記号の全てを示している。ならば何が「対話」になるのか。一方通行の

る。

体を成しつつも、例えば能動と受動の線が幾重にも切り替わるような、言わば一方向的でありながらも同時に生じてくるその逆方向のものを平田は示唆しようとしている。

これは簡潔に言えば、演劇空間に発生する異化作用を述べている、と思われる。「舞台と観客との交通が感情同化を土台にして行われていた時には、いつも観客は、自分が感情を同化した主人公が見ただけのものしか、見ることはできなかった」（ブレヒト）。はるか遠く現代演劇の起源以前には、これこそは正しく一方向的であった。これが全ての礎となったことは違いないとしても、つまりは支配的美学に裏打ちされた、広範な意味における政治的なものであったのである。制度化された仕組みだけが存在し、「内的対話」は皆無であったとみなすことができるだろう。

だがここにある当然なもの、既知なもの、明白なものを取り払い、驚きや好奇心の感情を積極的に、その主眼として作りだそうとして、これまでとは全く逆の思想として、言わば感情の「異化」は導入され、現在までつながることとなる。「これからは劇場はこの世界を、観客がそれに手を加えることができるような形で、観客に提供するのだ」（同）。これが「内的対話」の発生と見て良いだろう。

私はしかし、この演じ手と受け手との強固な縦軸の関係性を根底から見失わなければ、新しいものは手に入らないし、ひいては自分の詩へ還元してはいかないと感覚していた。それは「観る・観られる」で繰り広げられていく、行動の再現のゲームであって、真新しさを見出だせないと感じていた。何よりも演劇との差異性から朗読パフォーマンスを始めなければ、これはどうあがいても、単なる延長でしかない。

「音楽を創る者と、聴かされる大衆という図式は考えなおさなければならないでしょう、しかもそれはきわめて積極的にされなければならない。これまで疑うことなく在りつづけたこの図式は、別の新たな関係の前に破壊されるでしょう。そうでなければ文化はすべて制度に組み込まれて因習化し、頽廃へ向かうしかない」と実験音楽家・武満徹は、あるエッセイで述べていたが、ここで言う「制度」と「因習化」に抗する「別の新たな関係」。それをあえてポエトリーリーディングによって、表現者と享受者双方に、もたらされないものかとしきりに憧れたものであった。

現代美術作家による「パフォーマンス・アート・フェスティバル」（いわき市立美術館・一九九三年）の企画に招待されて朗読公演をしたことは、大きな概念との出会いであった。美術、演劇、舞踏、音楽……。それら様々な領域から派生し融合した不定形な三次元上の芸術。その後も、パフォーマンス・アートの場に出させてもらい、この領域の自由と飽和の両刃で繰り広げられる、様々なパフォーマンス、コラボレーション作品や、クリエイターたちとの出会いを重ねることが出来た。

ここでの私の収穫は、何らかの未完成さと拮抗し合いながら、それらが完成への試行であることを忌避せずに露呈しようとしているパフォーマンス・アート作品ほど、観ているこちら側が、観るというよりも創るという図式で時空間を捉えようとすることにつながっている、と確信できたことである。言わば、ここにはプロセスの共有こそを第一とする企図のみがあり、制作行為そのものをその場へ、ある意味で製作中途をしどけなくも持ち込んでいることこそが、動態として重要に見えた。

これは、ポエトリーリーディングを演劇と区別したい、あるいは武満の言う「別の新たな関係」を獲得したいと思ってきた私に、着眼を与えるものがあった。しかし同時に眼前の作品のほとんどが、何らかの飽和状態に苦しんでおり、七〇年代初期から始まったとされる新種のパフォーマンス・アートの示した舞台の空気は、その後どこかこの先が見出されないものとして反復されてきたに過ぎなかったように映っても来た。つまりは、「作品が何であったのかは、作品の「外部」に依存する」というパフォーマンス批評家のヘンリー・セイヤーの根源的な言明のように、パフォーマンス・アート作品の実質としての意味が、ある内なるものの事後である限り、そもそもそこに本質的な末路というものは概念として存在しようがないはずであるが、私が目にし、退屈した作品群には、どこか払底できないもどかしさがあったのだった。

目新しさがジャンルとして成立する大部分において、どのようなことを試みても何かがもうやり尽くされてしまっていると見えてしまう好ましくない既視観と、全体が格闘しているかのように見えた。二十年ぐらいの間にして迎えたある過渡期に、私は参加したのか。

ジョン・ケージの「四分三十三秒」。私はパフォーマンス自体を目の当たりにしたことはないので、見てきたことのように述べるしか手だてはない。つまりはその場に生ずるその時の間。たった三回だけ、鍵盤の蓋を開け閉めするだけというパフォーマンス内容の中の、その鍵盤の蓋の音から客のため息まで、全ての四分三十三秒間の現在の場を構成するものが、作品として分子的に不随意的に包括されていったものであったのだろう、という印象がある。そしてその後の作品にまつわる文章や批評などの様々な言説が今もなおここへと包摂され、時間そのものを超越しようという意図までもが永遠に現在進行形に出来上がるものとして仕組まれている。思いめぐらしている私ですらこれらの動態に巻き込まれているのを感ずる。

このジョン・ケージの仕掛けが高度な「異化」でなくて何であろうか。そしてここで交わされている舞台上の「内的対話」とは、どのようなものだろうか。そこへと向かう前の素粒子のうごめくところに参加者が佇み、更にノンバーバルなものがやりとりされている。「内的対話」という目には見えないオーラルなものの成り立つプロセス、それそのものの始原を巡ろうという意志がここにはある。パフォーマンス・アートとは、「すべての様式に浸透する権威と権力のメカニズムを暴くことだ」というヘンリー・セイヤーの言は、その理念が、詩があるいは全ての表現芸術が辿ってきた、ラジカリズムを迷わず進み続けるものと宣言している。

これらの諸相に触れて言語を用いたパフォーマンス・アート=朗読、と意識上ではまず定置し、ひとまず自作詩の朗読の演じ手の基本を、必ず私以外の誰かを含めての複数とした。それは他者を存在させることにより、最小にして最大なる解体作業を要することを目論んだ。ここでは、私という実作者の権力のようなものが全く無効化されることが望まれた。前述した定義に則ったつもりであった。そしてなるべく、プレテキストを朗読台本とした。これも常態として未完成であることを意識した。
このようなある意味でパフォーマンス・アートのパロディから、私の朗読パフォーマンスは始まった。指針を与えてくれた、武満の興味深いこの文章も引きたい。

文字をもたない民族の言葉は、発音と伝達される内容とのかかわりがたいへん密接です。表象記号としての文字をもたないために、語彙は少ないが、ひとつひとつの言葉は多義的なひろがりをもっています。そこでは言葉はつねに、その発声と連繋のしかたで多様に変化します。発音の息継ぎによって、表そうとする意味が全く異なったものになったりする。そのことが、言葉の抑揚を繊細な変化に富んだものにしています。生命と実相と言葉は見事に一致している。それは正に、音楽そのものであると言えるでしょう。あらかじめ物理学的に準備され、調律された音信号としての音楽の音（楽音）も、元はそのひとつひとつに、生物の細胞のように美しい形態と秩序があり、たえまない変質をつづけているものです。無心に耳を開けば、現在も私たちは音をそのように聴きだすことは可能な筈です。

（武満徹「川田順造に宛てた書簡」より抜粋）

無心に耳を開く。オーラルなコミュニケーションとして、このような発音と内容との関わりが、「文字をもたない民族」にとって重要な鍵であったことは興味深い。それを見つめ直す空間こそが言語によるパフォーマンス・アートの場として、ふさわしい作業場を示したものであると思えた。ゆえに自作詩の朗読にはそこに、発音と抑揚の様々な試行を成すこととした。
ここでは「無我」あるいは「無心」の状態を享受者にもたらすことが必要となる。だが、耳を委ねて共に歩むという意識を半ば偶発的に享受者が持つことの出来た場合だけに、言わば偶然性に頼るしかないところに成立がもたらされるという危険性がここには多分に付き纏った。試行錯誤を続けたが、これを初めから意識として固持してもらうことへの積極的な手だては見つけられなかった。

また、それがテキストを声で再現する朗読という行為である限りにおいて、「行動の再現」という範疇からどのように脱すれば良いのか振り払えない課題があった。

　これらの難しさと向き合う中、何らかの予測不能なハプニングを無意識に表現者と享受し、パフォーマンス中における意味を互いに見つめ合えたのは、特筆すべきことだった。予期しないことが表現するこちら側に起きた場合の、そこに生ずる感情のヴァイブレーションこそが聞き手との了解事項になっていったことは確かだ。上手く説明することは出来ないが、例えば、舌の乾きに苦しみ、上手く発音を成すのが難しく苦しんでいる場合の方が、そこに一体感を感じ世界に入って行けたという感想を思いがけなくも受けたりする、といったように「演劇」では許されない劣悪な失敗が、功を奏したりもした。少なくとも双方にもたらされたハプニングが、通路あるいは風穴をその時間に無自覚的に開こうとしたのは確かであった。ここに演劇という「行動の再現」のゲームには見られないような、即興＝インプロビゼーションという鍵を見出すことが出来た。そしてこれは、パフォーマンス・アート成立の基本要素でもあったわけだが、ようやくそれが書物の上だけでなく理解できた。

　予測不可能なハプニングが生じた所に積極的なベクトルが見えた事実。やがて新しい方法を見出すことの出来る可能性のあるものとして、そこに着目し始めてから、内容も発想も様々に変容を遂げ、現在に到る。

　演劇とは、何か。それはそこに携わる人々の関係性の強さを見せることである、という実感は長年、詩の傍ら演劇を作り続けてきた私の、現在において着地している一つの鉄則である。総合芸術の範疇において、一人の人間が欠けたとしても、「総合」は形成されない。そのような、劇団という集団の見えない横の関係性の堅固さがまず重要となる。集団で総合作業に没頭する時間の濃さが、大勢の観客と向かい合う前提となると思う。そして舞台上の行動の再現は、あくまでもその輪の内圧の高まりの中で、確実に普遍的に成され、「再現」をひいては超越することとなる。

　朗読パフォーマンス。するとこれは、積極的な個へと、あるいはやがて、行動の非‐再現へと向かおうとすることになる。「演劇的」と呼ばれることのない出来を目指しても来た。しかし現在は、詩の外側を即興性の中で作り上げる同志としての横の軸を受け手と見出すことを舞台上での仕事の第一にしている。朗読のみならず、詩はいずれにしろ、たった一人では何も成立しない。ここまでの自分の朗読への試行の果てが、つまりは忌避しようとしたはずの横軸＝「演劇的」なものの方へと歩いていることを、今は感じている。「詩は演劇であり、演劇は詩である」と語ったシェークスピアのように、これらに区切りを与える必要は無い。演劇における「再現」とパフォーマンスにおける「即興」とが、いま・ここの中で不可分に続くような時間に遭遇した時、私たちは初めて二次元上の文学的内界を三次元上で受容することが出来るのである。その為に舞台表現は常に瑞々しい、記号の触媒でありたいことのみを欲望している。

　内側で外部を、あるいは外側で内部を形成したいことへの欲望が成せる動態があり、初めて眼前に生起するもの。それが私にとってのアクション・ポエジィの成立である。「現代詩手帖」の時評で城戸朱理は「アンティ・コスモス」というタームで、詩を前にして「そこに現れるコスモスは、その整序を司る規則ゆえに、内部に外部を産出することになる」と述べている。これを詩の別称としているが、詩作品のみならず、あらゆる表象行為にそのまま該当してゆく概念であることを、私はパフォーマンスする立場から現在、実感するものである。

（「現代詩手帖」一九九八年四月号）

作品論・詩人論

言語の予祝性へ

城戸朱理

パリで生まれ、ナポリに死んだレーモン・ルーセル（一八七七〜一九三三）は、シュルレアリストから熱狂的に支持されたが、その作品は世紀の奇書として名高い。たとえば『ロクス・ソルス』は、ひとりの科学者がこれまで発明したものを訪問者にひとつひとつ説明していくというものなのだが、その奇怪きわまりないオブジェのような発明品の数々は、偏執的な細密画のような描写と相まって、人間の想像力が試されるようなイメージの氾濫を現前させる。

ルーセルを愛した澁澤龍彥は『ロクス・ソルス』について次のように語っている。

　小説と呼ぶ以外に呼びようはあるまいが、このルーセルが築きあげた言語世界は、なんとも奇妙なものである。子供が玩具箱をひっくり返し、がらくたを積みあげて、わけのわからぬ複雑なオブジェをつくったようなものだ。このオブジェには、隠されたなんの意味もない。ただ作者の無償の、無垢の想像力が組み立てただけのものである。ルーセルの小説にはメタフィジックもなければ、おそらくポエジーすらもないであろう。それでいて、こんなに面白い小説は読んだことがないと断言し得るほど、その精緻をきわめた描写の一つ一つに私は心を惹かれる。

この澁澤龍彥の批評は、ルーセルの詩篇『新アフリカの印象』を思い出すならば、さらに深く納得できるところがあるのではないだろうか。それはエジプトの観光地の写真の描写から成る異様なテクストなのだが、括弧のなかに、九重もの括弧が開かれ、あたかも無意識の底に、さらに無意識の扉が開かれていくような複雑な構文によって成り立っている。しかし、韻文作品であるにもかかわらず、そこには、およそポエジーというものが感じられない。つまり、詩的なものには、まるで見えないし、メタフィジックなものも見当らないのだが、逆に言うならば非詩的であることによって、言葉そのものの無意識が露出するようにも思われる。それもまた、新たな詩の創造であったのだろう。

和合亮一の詩に初めて触れたときの驚きは、ルーセルを読んだときのそれと、きわめて近いものだった。いや、私は和合亮一とレーモン・ルーセルが似ていると言いたいわけではない。事実は、むしろ逆だろう。

言葉は音声から始まって、音と意味が結びつき、さらには音＝意味が文字として象られた。つまり、言語とは音・意味・文字のストラクチャーにほかならない。日常の生活において、私たちは、そうしたことを考えることはなく、たんにコミュニケーションのための意味の伝達のみに主眼を置いて、言葉を使っているわけだが、詩は「意味」だけで成り立つわけではないことに注意しておこう。

二十世紀のモダニズム運動を主導したエズラ・パウンドは、詩を次の三つに分類した。言葉の音楽性を重視するメロポエイア、文字の形象に着目したフェノポエイア。そして、意味の構築による理性のダンスとしてのロゴポエイア。この分類が、それぞれの言語の音声・文字の形象性・意味に呼応するものであることは言うまでもないだろう。ルーセルもまた、言葉の意味の隣接性や、音の近似性など、言語の諸要素によってセンテンスを作り上げており、いわば日常の会話とは別の言語態を創造しているのだと言ってよい。そして、それは、和合亮一の方法と通底するところがあるのではないだろうか。一九九八年に刊行された第一詩集『ＡＦＴＥＲ』は、まさに事後の感覚が氾濫し、乱反射するかのような驚異そのものの体験だった。

朝の耕地が乾くと
不適当に果実を配置する死に鳥
峰から峰へと虚線が錯乱する0時
空洞の穂先に、少女は保存されながら
幼児を連ねて山裾の鏡へ、
眼前の皿は盛り上がる

史実の塔は無感覚に頭を垂れる

遺跡が
私の熟れた太腿をぬめって浮遊する
湿った斜面には消失した私の髪の複製体
若々しい指が冥界の孤島を濡らす
死に鳥の物象に占われるまま
霊峰の焦点を遊歩するアダムとイブの水滴
頭髪の枯れた少女の死に顔を踏み分けながら
ゆったりと通過する0時
それが一糸ずつ、
私の頭皮を剝がす

（「デスマスク興業」）

任意の一篇の結びを書き写した。この詩篇に、いわゆる散文的な意味を読み取ることができないのは、一読して了解できるだろう。全体はシュルレアリスティックでいささか凶々しい意味のねじれを豪腕でねじ伏せた感があるが、示されている時間が「0時」、つまり今日が明日に変わる瞬間であることに注意しよう。また、「遺跡」「冥界の孤島」「死に鳥」「少女の死に顔」のように、死後、あるいは滅びの後を表象する詩語が頻出することにも。それにもかかわらず「アダムとイブの水滴」という世界の始まりを物語る『創世記』への言及があることで、この作品は、何事かの始まりと終わりの、あるいは死と生の境界である「0時」を巡るものであることが見えてくる。

さらに「史実の塔は無感覚に頭を垂れる」という象徴的な一行を見過してはならない。その一行は、この詩篇の描き出す世界が「史実」という現実とは無縁であることを語っているのではないだろうか。それは言語によって築かれた新たな都市なのであって、詩人は、自らの無意識を探るのではなく、言葉そのものに言葉の無意識を語らせていくかのようだ。あたかもレーモン・ルーセルのように。だが、ルーセルとの最大の違いは、和合亮一の詩が、ポエジーに貫かれていることだろう。

若き日の和合亮一は「アクション・ポエジー」を標榜し、目覚ましいまでの詩的活動を繰り広げた。それは「ウルトラ」のような紙媒体の同人誌から、朗読を中心とするイベント、さらにはウェブ・マガジンと、およそ考えられる、あらゆる領域に及ぶものだったが、詩作においても、同じように全的な戦線を展開したことを忘れてはならない。和合亮一の詩が、例外なく朗読のための作品でもあることは、本人がこれまで明らかにしてきた通りだが、詩集のページは、しばしば視覚的な効果を伴うように詩行が配置され、詩人がフェノポエイアを意識していることを示している。そして、「デスマスク興業」に即して語ったように、その作品は、難解であるように見えながら、メタファーに頼らず新たな意味を立ち上げることに成功しており、いわば、そのとき、戦後詩的な隠喩は過去のものとなったのだ。

　ここでは第三詩集『誕生』の開巻の一篇「世界」の第二連から最終連を見ておきたい。

海は墜落した
山は叫び声をあげた
電信柱は無意味になり倒れていった
鳥は少しも考えない
視力のない森で水色に染まってしまい
魚は少しも考えない
視力のない川で土色に染まってしまい
少年は優しい考えを止めようとはしない
空想の空の下の巨大な波柱

はじめの一行をどのように記すべきなのか
それから先は本当に
幸福な世界が渦巻いている
青々とした便箋に表情はない
それを一枚ずつ無駄にしていくうちに
世界中の子供たち同士の約束は鳥になる
熱心な子羊たち
読むべきことは頭の中に既に置かれている

少年は裸足で封筒を買いに出掛けたまま
生まれてから一度も帰って来ないまま
遠い草原の一枚の葉が裏返った瞬間
私の弟となり消えてしまった
風の強い夜

自分の横顔に手を合わせていると
世界は永遠の黙礼の準備をし始める

この詩篇には、詩人、和合亮一の特性がよく現われている。まず目につくのは否定形の多用である。鳥も魚も「少しも考えない」。青々とした便箋に「表情はない」。少年は「一度も帰って来ないまま」「弟となり消えてしまった」。繰り返されるのは、「ないこと」と「不在」の確認である。しかし、こうした否定形が、さらなる否定を呼び寄せることはない。鳥や魚が「水色」であり「土色」である自然と同一化するとき「少年は優しい考えを止めようとはしない」わけであり、「青々とした便箋」を無駄にしていくうちに「世界中の子供たち同士の約束は鳥になる」。否定形は、悲劇を導くのではなく、世界と未来への祝福を呼び起こす。その意味でも「それから先は本当に／幸福な世界が渦巻いている」という詩行は象徴的だ。ここで、詩人は、現実に幸福な世界がやって来るなどと語っているわけではない。先立つ否定形が、悪夢にも似た心的外傷、人間が生まれた以上、決して避けることができない外傷の裂け目であるとするならば、和合亮一が語る祝福とは、私たちが「現実」として受け容れている世界に裂開した外傷そのものを直視したうえで、その裂け目をさらに切り開くかのように投げかけられたものであり、そこには言語の予祝性が賭けられているのだ。

そして、そのうえで結びの二行を検討してみると、さらなるねじれが現われる。そもそも、最終連は、あらかじめ時制の倒錯のうちにあることに注意しよう。少年は裸足で封筒を買いに出かけるが、「生まれてから一度も帰って来ないまま」という二行目は、一行目の封筒を買いに行く少年を消失させることになる。そして、四行目において「私の弟」となって現われ、再び消失する。この二度にわたる少年の消失は、場所のみならず、時間にも連続性がない夢の記述のようにも思われるが、その果てに導かれるのが「自分の横顔に手を合わせていると／世界は永遠の黙礼の準備をし始める」という二行なのだ。

言うまでもなく「黙礼」とは音声を伴わない礼のことであり、「礼」の旧字体「禮」は神事を表わす「示」と儀式に用いる供物、あるいは供物が豊富であることを示す「豊(れい)」から成っている。つまり、礼とは、人間の力の及ばぬ超越的な力への祈念をたたえたものだったわけであり、「黙礼」という言葉には、たんなる挨拶以上の意味が負荷されている。だから「世界は永遠の黙礼の準備をし始める」という一行には、予祝性とともに鎮魂の響きもあるのではないだろうか。和合亮一が東日本大震災の直後にツイッターで発表し、話題を呼んだ『詩の礫』とともに発表された詩集が、奇しくも『詩ノ黙礼』であったように。その意味では、この一行は詩人の未来を予言するものであったのかも知れない。

『詩の礫』以降、詩人は、平明な言葉で柔らかに語りかけるような作品も書くようになった。しかし、その本質において、和合亮一はいささかも変わってはいない。シュルレアリスムから今日に至る動線を生きるとともに、意味性だけに回収されない詩を、彼は生き続ける。それは方法としての隠喩の終わりを告げるものであり、言語の予祝性を生きる道でもあるのだろう。

（2018.2）

宇宙を生きる

若松英輔

真に詩人と呼ぶべき者にとって言葉は、けっして表現の道具にはなり得ない。それはいつも協同者になる。詩作とは、詩人の内心の表現である前に、人間が言葉と共に——誤解を恐れずにいえば、言葉によって導かれて——意味の世界への扉を開けようとする試みではないだろうか。

言葉と意味は不可分だが別のものだ。それはからだとこころの関係に似ている。

言葉のないところにも人は意味を感じる。色、音、香り、かたち、沈黙にも人は意味を認識する。多くの言葉を受けとめるときよりも、黙考のなかに何かを感じることがあるのもそのためだ。

優れた詩を読むと、もう一つの世界からの風を感じる。詩を読み、その風を感じられないときは、まだ、その詩人とめぐりあう準備が整っていないのかもしれない。

詩人は、自分でも気が付かないうちに鍵となる言葉を産み出している。詩人を通路にして、日常語が、詩的言語として新生するのである。初期の和合亮一の場合、「宇宙」がその一つだ。詩「宇宙」で「僕は宇宙になってしまいそうな僕を我慢していたが」と書いたあと、こう言葉を継いでいる。

ついになってしまった
いっぱい僕が死んでいるのだ
星の数ほど　と思うと
溢れるほどに生まれている僕
その都度　次元が違うのか　もはや
爆発する　誕生する　また銀河が出来る　（九四頁）

このとき詩人はもう、「宇宙」を眺めることはできない。彼は「宇宙」を生きている。

科学の力によって、大気圏を容易に超える技術をもった現代人は、いつからか「宇宙」は自分の外部にあると思い込むようになった。自分が暮らしているこの場所が「宇宙」であることを忘れ、外なる宇宙と同様の広がりをもつ、内なる「宇宙」が万人の心中にあるのを見過ごしている。詩人は、わが身を言葉の鐘にして、内なる「宇宙」を目覚めさせよと強く促す。

社会ではいつも、価値が相対化される。美醜、優劣、長短、あるいは善悪など「星の数」ほど存在する概念が衝突する。だが、「宇宙」ではまったく異なる公理がはたらく。二相的なるものを貫く何ものかがうごめいていて、「爆発」し、つねに相対を包み込む。

「宇宙」は常に動き、止まることがない。自分は動いていないつもりでも「宇宙」は動くことを止めない。詩人もまた、動いているものを、動いているままに捉えようとする。「熱帯魚」と題する作品で詩人は、自らの姿を「一本の電信柱」だという。

僕は火星に立てられているたった一本の電信柱　（四五頁）

電柱を傍観する者には、そこを伝う電流は見えず、感じることもない。だが、電気は、さまざまなところからやってくる。それは生者の世界からだけではなく、死者の世界からもやってくる。その姿は、少し前まで同じ東北に生きていた一人の詩人の言葉と強く呼応する。

わたくしといふ現象は
仮定された有機交流電燈の
ひとつの青い照明です
(あらゆる透明な幽霊の複合体)
風景やみんなといつしよに
せはしくせはしく明滅しながら
いかにもたしかにともりつづける
因果交流電燈の
ひとつの青い照明です

（宮澤賢治『心象スケッチ　春と修羅』）

ここに見られる現象は、模倣とはまったく異なる。それは影響というよりも継承というべきなのだろう。二〇一一年三月十一日以降、この詩人は、「電信柱」となった自分に訪れた電流のような言葉を世に送り始めた。彼はその仕事を今も続けている。本書の読者はその営みがなぜ起こり得たのか、その原点を目撃することになるだろう。

賢治はしばしば「火」を詠い、「火花」を詠った。彼にとって燃える、あるいは「灼け」ることは新生を意味した。和合もまた、しばしば「炎」を世に送り出す。

きみがかつて拾い忘れた白球は　公園の長
椅子の影まで転がり　そこに蝶が止まり　飛
来する本当の世界の　安らぎがあり　枇杷の
葉裏を燃やし　淡くて優しい　きみの今まで
の思惟の炎　そこをきみは越えなければなら
ない

（「稲妻」四六頁）

「おもう」というとき、私たちはそこにさまざまな漢字を当てる。「思う」「想う」「憶う」「懐う」「顧う」、あるいは「恋う」「念う」と書いても「おもう」と読む。「惟う」もまた「おもう」と読むものの一つだ。ただ、「惟う」とき、そこでおもわれているのは、人間を超えた大いなるものでなくてはならない。

人が、人を超えるものを惟うとき、そのほとばしりは炎となって立ちあがると詩人は詠う。生きるとは、その炎の門をくぐっていくことだというのである。

「おもい」を「火」として感じるのは詩人ばかりではない。哲学者のプラトンもその一人だった。彼は亡くなった愛弟子の遺族に宛てた手紙のなかで哲学の真髄——すなわち真の叡知——は言葉にはならず、燈火のように魂に生じ、魂から魂へと受け継がれると述べている。和合の言葉が届くのも、プラトンがいう叡知の淵源と別な場所ではない。

愛する詩集を読むのは、ひとり行き慣れた美術館へ行くのに似ている。そこに百枚の絵があるとする。全部みたいと感じる日もあるが、今日の一枚に出会いたいと強く望むこともある。今の自分を存在の深みから照らし出してくれる一枚の絵画に出会うことができれば、それだけですでに特別な一日になる。

本書で私にとってそんな「一枚」になったのは「葉書」と題する作品だった。

きみに葉書を書いているのだけれど
書きたいことよりも落涙が激しいから
馬鹿馬鹿しくなって止めにしようと思っています
何行かは書いてみたのだけれど

ここまで書いてみたのにも訳があるのだ
僕が書き記さなければきみは何も考えないからだ
もう書き続けるのが嫌でたまらないのだけれど
世界が広がり続けるから
葉書の大きさもとてつもない

この葉書には裏が無い
だからこの一枚を書きあげたとしても
きみへのあて先も書けない
どうやってきみに届けようか
きみの住所も名前も良く知っているのに

この世界の全てが一枚の葉書なんだということを
それはきみから教えてもらったんだけれど
きみは青空になって僕の書きかけの文字を過ぎる
葉書のうえで転がる愛も岩も　激しくなるばかり

（一一三頁）

書くとは、思ったことを文字にすることではなく、書いてみなければ、どうしても分からない何かに出会うことなのだろう。また、人は書くことによって初めて、自らの心のなかにあって、言葉たり得ないものにふれるともいえる。

人が言葉をつむぐのは、「おもい」を言葉にして確かめたいからでもあるが、真の望みは文字の奥にあって、けっして言葉にならないその意味の熱風を感じるためなのかもしれない。

「思い」を鎮め、「惟い」に導かれて言葉を書く。そのとき人は自ずと意味の世界を旅することになる。本書を繙き、この詩人の言葉にふれた者は、詩を書かずにはいられまい。

詩を愛せる者は詩を書いた方がよい。この詩集には、無言の促しの声が響き渡っている。詩集は常に、来たるべき詩人に宛てられた、意味の国への招待状なのである。

（2017.12）

和合亮一をあきらめない

山田亮太

揺れを感じるたびにtwitterを開く習慣があの日からずっと続いている。震源地はどこ？　マグニチュードはいくつ？　津波は？　原発は大丈夫なのか？　どこかで誰かが緊急の声を発してはいないか？　私にできることは何？　いま私はここにいていいのだろうか？　いまあの人はあそこにいていいのだろうか？　和合亮一は怒っていないか？

二〇一一年三月十一日以後、東日本大震災と原発事故を契機に和合亮一が発しつづけた一連の言葉――三月十六日からソーシャルネットワークメディアtwitterで発信された「詩の礫」のシリーズ、のちに雑誌掲載や書籍化を経た――がかくも広範に読まれ、多様な展開をしていったのはなぜなのだろうか。

端的に言えば、それは、あのとき、怒りと悲しみと嘆きのないまぜになった感情の渦のような言葉を、素早く、しかも大量に発信していたのが和合ただひとりだったからだ。さまざまな種類の過酷な状況の中にいる少なくない読者がその言葉に心を揺さぶられたであろうことは想像に難くない。一方でその性急さ、饒舌さは、ときに批判の対象になりうる。なぜなら、詩とは、時間をかけて洗練され凝縮された言葉であるべきだから。なぜなら、あんな風に生煮えの感情を吐露した言葉は詩ではないから。なぜなら、危機の最中で発せられる扇動の言葉こそ詩が最も忌み嫌うものだから……。私たち詩を書く者は、そんな内なる声に抑圧され、しばしば沈黙を選ぶ。ならばなぜ、和合だけが抑圧から逃れ、あのとき書きえたのか。

私たちはきっとこの問いに対していくつもの角度からそれらしい回答を与えることができるだろう。大きな余震が断続的に生じ不確かな情報が飛び交う中、なんとか妻子を避難させ福島市の自宅にひとり閉じこもる詩人の特異な状況がそれをさせたのだ。さらには、詩人が二十歳代の数年間を南相馬市で過ごしたことが決定的に重要である。津波による直接的な被害と原発からの距離の近さによって深刻を極める「浜通り」と、局地的に高い放射線量への不安と避難への判断に揺れる現在地の「中通り」、二つのエリアを「ふるさと」として自らの内に抱える詩人の複雑な心理が背中を押したに違いない。

「ふるさと」と言えば、福島という土地に根差した活動を震災以前から精力的に行っていたのもまさにこの詩人ではなかったか。「市民の半分を詩人にしたい」などとも言っていた。地震と原発事故によって壊滅的なダメージを受けたのは、詩人が生まれ育った土地であったというだけでなく、詩人が詩を耕してきた土地でもある。こうして「ふるさと」への思いが決壊したのだ。あるいは、ネットワークメディアに対する詩人の独特な立ち位置が影響したのではないか。世代的にも資質的にも決してインターネットに親和性が高いわけではない詩人は、にもかかわらずネットにおける詩の批評や作品発表の組織的な場を早い段階で立ち上げた経歴を持つ（「いんあうと」「六本木詩人会」）。未知のメディアの中へ果敢に無鉄砲に詩を持ち込む才覚を持つ詩人であるがゆえ、twitter の利用においては初心者であるにもかかわらず（あるいは初心者だからこそ）、twitter 上で特異な表現を成し遂げることができたのだ……。

けれども、以上のような外在的な理由による説明とは別に、和合のそれまでの詩業の中に震災詩への萌芽を見ることもできるのではないだろうか。和合の詩そのものに危機への対応可能性と欲望が内在している。かつての仕事を事後的に出来事と結びつけるこのような読み方はフェアではないだろうか。けれども、二〇一一年以前の和合の詩がまとまった形で読める本書を前にして、私が真っ先に考えてしまうのは、やはりこのことだ。

　小麦粉が降る
　僕の乳首の先で
　奥歯は晴れ上がり
　一分後に　また　電話をします。
　　　　……　です
　一分後に　また
　手ごたえのない　はまどおりの火葬場で

お湯が煮えた　……　です
一分後です　　　一分後に　また
（「空襲」、『ＡＦＴＥＲ』より）

和合亮一の詩はスリリングだ。

一行から、その次の一行へ。——詩は、行が進むたびに、常に、前の一行からの切断を伴っていなければならない。ある一行が置かれたとき、その次の一行に何が現れるかは、書き手にとっても、読み手にとっても、予測できないものでなくてはならない。だから、詩においては、最後の一行にたどりつくまで、何が起こるかわからない。——このような信念に基づく詩作を、初期の和合は実践していたのだと思う。一篇の詩が一篇の詩としての個体性を保ちつつも、どこまで遠いところまで飛躍できるかの探求がさまざまに試みられている。そのための形式上の実験と詩句の配備が過激に、丁寧に仕掛けられている。

一篇の詩を予測不可能に、スリリングに展開させていくためには、心に浮かんだままに次々と異なるイメージを連ねていくだけでは実現しない。なぜならどんな突飛なイメージの連鎖もすぐに陳腐化してしまう。必要となるのは、詩がどこへでも進んでいくための、詩の自由のための規則を設計することだ。とりわけ第一詩集『ＡＦＴＥＲ』や第二詩集『ＲＡＩＮＢＯＷ』、あるいは第三詩集『誕生』を含めてもいいだろうか、初期和合亮一の詩には、そうした規則への精密なこだわりが顕著だ。たとえば第一詩集に所収の「空襲」という詩に目を向ければ、「一分後に　また　電話をします」というフレーズが形を変えて幾度も出現する。「一分後に　また」。言葉それ自体の中に反復性と時間制を含むこのフレーズの反復は、詩の全体の基底であると同時に、詩の進行を加速させ、切迫感を創出する装置として機能する。初期和合亮一のどの詩を取り出してみても、一篇の詩に与えられた規則や形式との格闘の中でこそ、一行ごとに鮮やかに転換する詩行の持続が成り立っていることがわかるだろう。

二〇一一年当時のtwitterには改行の概念は存在しない。ひとつのツイートは一四〇字を上限としており、それを超える量の文章を発信しようとする場合、複数のツイートに分けて投稿する必要がある。一行という単位よりも長く、したがって必然的に言葉をゆるめる効果を持つツイートという単位を詩の要素として駆使すること。一行から、その次の一行へ。その間で生じる切断と転換の詩的効果を、twitterの仕様に適応させること。和合の「詩の礫」における革新性とは、何よりもその点が挙げられる。

　twitterで投げかけられる和合の詩は、個々のツイートはときに詩としてはゆるく甘いものに見えるかもしれない。けれどひとつのツイートとその次のツイートの間に目を向けたとき、かつての和合の詩と同様の、鮮やかなイメージの転換が生じている。ここでは明確に和合が過去の詩作の中で育んだ詩の技術が使われている。他方で、かつての和合と異なるのは、言葉を持続させるための規則や形式の大部分が、自ら規定したものではなく、twitterというメディアによってなかば偶然的に与えられていたという点だ。和合のtwitter詩が、個々のフレーズではなく、連なりで見たときに、過去の和合の詩が有していた魅力を持つと同時に、これまでに読んだことのない異様な表現になっているのはこのためだ。

　きみは少しずつ逆さまになってゆくはずだ　津波を
　永遠に押し黙らせることは出来ないものか　芽生えて
　ゆく海の果てへと　爽やかな風がきみを少しずつ倒し
　てゆく　大陸は大陸に溶けてゆくのか

（「フライング」、『誕生』より）

和合亮一の詩はスペクタクルだ。

どのように書くかではなく、何を書くかにも目を向けるなら、すぐに気づくのは、かつての和合が意外にも多くの災害をモチーフにした詩を書いていた事実だ。「津波」や「台風」、「豪雨」といった自然災害、「宇宙」「世界」「海」といった巨大な事物を意味する語が和合の詩には頻出する。あるいは「何千」「何万」「何億」といった、数えきれないほどの多数を意味する語。その対極としての「無人」という語の多用も特徴的だ。

　人間の力を超えた巨大なものとの戦い。それは和合が一貫して取り組んできたテーマであるだろう。巨大なものは、災害のような形でばかり現れるわけではない。日常の出来事のスペクタクル化がさまざまに引き起こされる。たとえば耳の奥で鳴り響く蟬の声に（「あらゆるものからせみが生まれてしまえあらゆるものは脱け殻になってしまえ」）、たとえばカレーをつくる一連の行為に（「ザ・カレーライス・センセーション」）、世界を揺るがすほどの巨大な力を見いだすこと。

ならば、和合は巨大なものと、どこでどうやって戦っているのか。もちろん、言葉の上で、言葉によってだ。

新しい現実で反転し稲妻を吐き町を燃やし海を
荒らし空を分断し星を誕生させる詩が
書きたいのだけれど
（中略）
降雨　止雨　かつてこの詩の上で戦いがありました
雷雲に乗った龍　雷光と共に西へ進み
凄まじい風が吹いたからこの詩の海は勝利したのです
（「爆笑悶絶反転大龍」、『地球頭脳詩篇』より）

詩が書かれる場それ自体が戦いの場となる。詩を書くことで巨大なものと戦おうという、あまりにも無謀でともすれば滑稽な意志は、だが現実が危機に瀕したとき、別種の切実さを伴って引き継がれる。「私は震災の福島を、言葉で埋め尽くしてやる」「詩でお前を打ち負かしてやる詩でお前を燃やし尽くす詩でお前を八つ裂きにする詩でお前を震え上がらせてやる詩でお前を泣きわめかせる詩でお前をぶっ壊す」と「詩の礫」で叫ぶとき、和合は被災下の心労から常軌を逸してしまったのではない。ずっと前からそうだった。ずっと詩で戦っていたのだ。

誤解を恐れずに言えば、あのとき、和合は楽しかったのだと思う。twitterという未知のメディアの中で詩を実現するのが楽しかったのだと思う。身にふりかかる巨大な危機と言葉だけで戦うのが楽しかったのだと思う。怒りと悲しみの深さだけでは、言葉をつむぎつづけることはできない。

二〇一一年以後続々と刊行された和合の著書の中でも、

『ふるさとをあきらめない　フクシマ、25人の証言』はとりわけ興味深い一冊だ。二〇一一年から二〇一二年にかけての、和合によるインタビューをまとめたものだが、当時被災地でさまざまな立場に置かれた人々が具体的に何をして何を考えていたのかを知るドキュメントして貴重だ。ここでは和合はインタビュアーに徹しており、とりたてて詩について語られることはないのだが、ときおり語り手の側から発せられる、詩人の言葉に向けられたコメントが印象深い。たとえば、震災後に避難所の責任者として従事した天野和彦さんは次のように述べる。

「テレビとかでは、「がんばろう、福島」「日本は負けない」「日本は強い国」などと、散々流されましたが、（中略）それよりも、和合さんが言っていた、「ふるさとをあきらめない」「福島をあきらめない」という言葉の方がしっくりくるんですよね。だから、いい街にしてやるからな、いままでより、もっともっといい福島にしてやるからなという言葉を続けることができる。」

　和合が震災後にたびたび発したキャッチフレーズのような言葉の中でも、「ふるさとをあきらめない」「福島をあきらめない」は、抜群によいと私も思う。そしてこの「あきらめない」というメッセージもまた、和合の詩が震災以前から発していたものではなかったか。どんな過酷な状況の中でも、私は、あなたは、あきらめない。だから次の言葉をつづけることができる。

たったいまきみは　叫びつつ虹を超えている　その先はさらに燃える虹である　過激にきみは　それらの燃える虹を超えてゆかなければならない　見たことのない虹を燃やし続け　燃える虹のなかで　さらに燃えている虹を越えてゆけ　その先もさらに　燃える虹である　そして　たったいま　きみが手に入れたいのは　その先で燃える虹なのだ

（「稲妻」、『RAINBOW』より）

（2017.1）

現代詩文庫　240　和合亮一詩集

発行日・二〇一八年八月二十日

著　者・和合亮一

発行者・小田啓之

発行所・株式会社思潮社

〒162-0842　東京都新宿区市谷砂土原町三―十五
電話〇三（三二六七）八一五三（営業）八一四一（編集）八一四二（FAX）

印刷所・三報社印刷株式会社

製本所・三報社印刷株式会社

用　紙・王子エフテックス株式会社

ISBN978-4-7837-1018-9　C0392

現代詩文庫

新刊

201 蜂飼耳詩集
202 岸田将幸詩集
203 中尾太一詩集
204 日和聡子詩集
205 田原詩集
206 三角みづ紀詩集
207 尾花仙朔詩集
208 田中佐知詩集
209 続続・高橋睦郎詩集
210 続続・新川和江詩集
211 続・岩田宏詩集
212 江代充詩集
213 貞久秀紀詩集
214 中上哲夫詩集
215 三井葉子詩集
216 平岡敏夫詩集
217 森崎和江詩集
218 境節詩集
219 田中郁子詩集
220 鈴木ユリイカ詩集
221 國峰照子詩集
222 小笠原鳥類詩集
223 水田宗子詩集
224 続・高良留美子詩集
225 有馬敲詩集
226 國井克彦詩集
227 暮尾淳詩集
228 山口眞理子詩集
229 田野倉康一詩集
230 広瀬大志詩集
231 近藤洋太詩集
232 渡辺玄英詩集
233 米屋猛詩集
234 原田勇男詩集
235 齋藤恵美子詩集
236 続・財部鳥子詩集
237 中田敬二詩集
238 三井喬子詩集
239 たかとう匡子詩集
240 和合亮一詩集
241 続・和合亮一詩集